老中老美大不同 **2**

老中老美
喜相逢

趙海霞◎著

Preface
自序

　　十幾年前就開始寫一些散文，發表於國內、外的各報刊雜誌上，從未想到要出版這種含有實用性質的書籍。幾年前，因好玩的心態寫了這些文章，曾陸續在報上發表了二十餘篇，頗受讀者們的歡迎，後來發現這些文章竟已被盜版納入別人的書中，原來這種實用性的文章還真是值得公諸於世呢！如此才興起了寫書的念頭。

　　《老中老美大不同》一書出版後，一個月內就再版，兩個月後又再三版，許多讀者都認為早應閱讀此書。三十年前赴美，一切都是從頭開始，在黑暗中摸索，生活與工作上的艱辛困難以及心靈上的失落、無奈，當年若能讀到這樣一本具有教育與實用性的書籍，必定可以減少生活與工作上許多不必要的誤解和煩惱。

　　寫這本書絕非偶然，人走過的路必留下痕跡，吃過的苦也必有其深層的意義與作用。有些學者、專家或許在他們專業知識的領域裡有很好的成就，卻不喜歡與老美打交道，有學

問的人也許只知專心做學問，在生活與做人處事上往往無法兼顧。難怪俗話說，做事容易，做人難。而我在美曾有豐富的生活與工作的經驗，加上個性外向，喜歡交友，虛心學習、不恥下問，回想當年所受的許多苦，不能白吃，因此很願意把實際在美生活、工作上的寶貴經驗與心得化為文字公諸於世，讓所有移民到美的人瞭解在美生活，多一分的認知就多一分的信心，少一分的痛苦與煩惱，這是一本筆者用心、用愛寫出的書，我願把它當成一份回饋社會的心願與世界各地所有的華人讀者分享並共勉之。

讀者閱讀《老中老美大不同》一書後，可以學會了細心去觀察進而瞭解美國人的文化背景，與老美他們個人的獨特行為與習慣。對美國人瞭解愈多愈容易快速地融入美國的生活，當然世上的任何事情都可能有例外的情形發生，更何況人的思想是複雜的，而人的言行自然是難以預測與掌控的。

《老中老美大不同》第一本書出版後，感謝廣大讀者們的喜愛，在此更特別要感謝印刻出版社，為了不負眾人的厚愛，我願竭盡所能把更多寶貴的人生經驗與生活閱歷呈現給讀者大眾。多年來，內心深切的一份感恩與回饋之心，是鞭策我絲毫不敢怠惰地繼續寫書的最大原因與動力。

這本書談到我的一對兒女，他們在美國成長的一些生活實

例，以及親子之間的一些互動關係，隨著孩子的成長過程，
我也一直不斷地在學習、進步中，我不敢說我教育兒女的方
法是最好的，但我卻敢理直氣壯地說，十多年來，我一直是
非常用心地在教育兒女，盡量採用機會教育，以及啟發性的
教育方式，引導、鼓勵孩子自發性地去學習和成長，直到如
今，藉由電子郵件的來往，我依然與孩子們相互學習，共同
成長，我深信教育即是生活，也是一種終身的學習。

　　我以孩子為榮，他們不僅熱愛自己的工作與事業，最值得
讓我覺得驕傲與欣慰的是，他們的身心健康而快樂，懂得感
恩，知福、惜福，更樂於助人。自幼我就告訴他們人生是以

作者的先生、女兒、女婿、作者、母親（趙傅安孝女士）、媳婦、兒子。

服務為目的，大材大用，小材小用。希望他們能善用與發揮自身所擁有的潛能，將來能夠更上層樓，成為世上更多人的祝福。

此書能出版，特別要感謝外子俞新康（Roger Yu）給予我最大的精神鼓勵與支持，以及全書的中文校對工作，也謝謝賢慧的媳婦祝欣（Janet Chu）做全書英語部份的校正（祝欣畢業於美國史密斯女子大學，主修英語，並獲有哈佛大學教育碩士學位），以及兒子俞健中（Michael Yu），女兒俞蓓玲（Peilin Yu），女婿普可實（Chris Pratt）所提供的寶貴意見與資訊，還有許多國內外愛護、鼓勵與支持我的好朋友們都統此致謝！

卷　壹

孩子的教育

Happy Childhood
快樂的童年

「別讓孩子輸在起跑點上」，這樣的教育觀點是否正確？孩子自幼被迫接受填鴨式的教育，或許他們能夠贏得一張優秀亮麗的成績單，卻因此而輸掉了孩子純真美好的童年時光，甚至包括孩子的身心健康。

人生猶如一場馬拉松的競賽，不必在意一時的失敗，更毋須擔心輸在起跑點上，重要的是整個過程，唯有靠堅定不移的恆心、毅力與耐力才能持續到終點獲得最後的勝利。

能夠給予孩子們一個快樂的童年，是我一生中感到最驕傲與欣慰的事，如今兒女都已是身心健康而快樂的成年人，他們不僅積極進取，熱愛生命，更懂得去回饋社會。一日，兒子對我說：「媽媽！我希望我的孩子將來能夠像妳的兩個孩子一樣，我就非常心滿意足了。」一向樂觀幽默，能言善道的兒子，既捧了老媽也捧了自己，兒子的這一番話當然是讓老媽樂不可支。

天下的父母大都希望子女將來的成就比自己好，這也是無

可厚非的人之常情。有的父母不辭辛勞，竭盡所能地培植兒女，自幼對孩子的課業成績十分重視。能有好成績表現的孩子才被父母認為是努力用功的好孩子，父母往往忽視或不太關注孩子的想法，孩子心中究竟在想什麼？需要什麼？父母也很少會用心去深入觀察、探索或進而去瞭解孩子的內心世界。

　　許多華人父母希望子女長大後能上名校（Ivy League school），將來當一名醫生或律師，父母會期望孩子能夠完成他們未實現的夢想（Parents will expect that their unfulfilled dreams can be accomplished by their children.）。孩子彷彿是父母生命的延伸部分，當父母告訴別人，我的孩子是醫生或律師時，臉上總會面露幾分喜悅之情。但並非每一個孩子都愛念書，有些父母會因對孩子期望過高，孩子不能達到預期的標準，父母失望的感覺常會轉成憤怒（Parents' feeling of disappointment is often turned into anger.）。孩子永遠都認為自己不夠好，無法達到父母所要求的標準，這樣會讓子女承受很大的精神壓力與痛苦，容易造成孩子身心上的不平衡與一些其他問題。

　　在美國，有些孩子學校的成績表現十分優秀，因而可以跳級，甚至被公認為天才（genius）的孩子在小小年紀就已踏入大學之門，父母更以此為榮，試想一個心理尚未成熟的孩子卻

要躋身於成人的行列中，他們的心態是否平衡？也許在驕傲之中夾雜著幾許不安、自悲與困惑。人生的每一年歲都不再重復，是一生僅有的一次機會，在不同的年歲裡皆有其不同的成長經歷與生活的樂趣，若無法與自己同齡的玩伴戲耍歡笑，這將是孩子成長過程中一項重大的損失，日後可能會造成心靈上的一些負面影響。

例如聞名全球的紅歌星麥可傑克森（Michael Jackson），曾引發許多的官司問題，他五歲時就跟著哥哥們一起上台唱歌演出。在他十一歲時已是一位巨星了（By age 11, he was a superstar.）。麥可傑克森自幼成長環境中皆是些名人與崇拜他的

這是南加州女兒住家附近的一所公立小學，女兒與鄰近居民籌款聘請藝術家在學校圍牆上作壁畫，藉以美化校區環境。

歌迷，他未曾享有屬於自己的快樂童年（happy childhood）而成為他一生最大的遺憾（regret）。世上還有許多身分顯赫的成功人物，儘管外在的成就輝煌亮麗卻無法彌補幼年時期蒙受的心靈創傷與缺失，這樣的例子真是不勝枚舉。

我的一位老美鄰居，她的兒子在一家小型設計公司上班，她很得意地告訴我，她的兒子有一份自己喜歡的工作，她很驕傲地說：「我的孩子很快樂，因而我以他為榮。」（My child is very happy, so I am proud of him.）相信我們老中父母就很難得有如此的想法與做法吧！

老美認為孩子的課業與運動是同等的重要，運動不僅可以鍛鍊體魄，更能夠從中學習到優良的運動精神與團隊精神。這些學習與訓練對孩子未來進入社會工作與待人接物上都將有很大的幫助。

當孩子們小的時候，我經常帶他們去郊遊、游泳、打保齡球、網球、溜冰、滑雪等，而且選擇一、兩項孩子最有興趣的運動勤加練習，所以兩個孩子在學期間的運動表現也十分優異。小女十一歲時，她曾獲得美國西北區少年女子組的單人花式溜冰冠軍，後來也因冠軍的頭銜使她在學校變成受歡迎的人物（a popular person），這對她一生的影響很大。兒子十四歲時，他曾獲得華盛頓州青少保齡球比賽的冠軍，他對球類

運動上的興趣，在工作與人際關係上也頗有幫助。公司之間的保齡球、網球、高爾夫球的友誼球賽，他都是公司的主力，兒子也曾是一位提拔過他的老闆打高爾夫球的最佳對手。

教育的目的是教導出一個「德、智、體、群、美」五育兼備，身心均衡發展的健全個體，所以一個孩子一生的成就絕不僅止於學校成績的優異表現，要能適度依孩子的性向與興趣加以發展，所謂「行行出狀元」。有一些自名校畢業的華裔子女，雖有讓人稱羨耀眼的事業成就，但並不代表他們的一生是快樂的，若一個人擁有功名成就卻又無法與他人分享這份榮耀與快樂，這樣的人生又有什麼意義呢？

美國實施全方位的教育方式，高中畢業生就具備有獨立自主的謀生能力，如領導能力、人際關係能力、生活適應能力等。美國式的教育注重孩子的性向和興趣，父母真正愛子女，就要讓孩子有自我發展的空間，鼓勵、幫助他們學習與成長，並給予兒女一個溫馨且值得回味的快樂童年，不要讓他們心中留下任何不可彌補的悔恨、創傷與疤痕。一個真正成功的父母不只是盡教養之責，還要能夠成功地教育出身心健康快樂的下一代。

Let's change the subject.
讓我們換個話題

　　剛來美時生活不易，也常會對孩子囉唆或不滿，聰明靈活的兒子善於察言觀色，只要我剛一張口說不到兩句話，他就立即把話題一轉，甜言蜜語對我說一些讚美的話，本想要數落兒子一頓，反被他逗得樂不可支，結果又被他逃過一頓責罵。

　　第一代移民大都歷經千辛萬苦，胼手胝足才能在異國他鄉謀得安定的生活。有人比喻移居美國生活的中國人猶如失根的蘭花，內心多少會有些懷鄉與不滿之情，偶爾發發牢騷，舒解鬱悶也是人之常情。

　　一位中年女友經常愛抱怨，由她口中說出的話全是一些不愉快的事，就連天氣她也要抱怨！（She even complains about the weather!）她似乎有訴不盡的委曲，事實上她在各方面的條件與環境都在許多人之上，也許她對生活上的要求過高，或許她早已不自覺地養成一種負面的說話習慣。這種人在任何場所都是很不討大家喜歡的，甚至讓人避之唯恐不及。碰到這種

17

凡事都愛抱怨的人，說話就得要隨時準備改變話題，千萬不要「哪壺不開提哪壺」。

有時我們會聽到一些年長的前輩抱怨說自己老了，身體差了，不中用了，記性也不好，想到自己也會有衰老的一天，畢竟中國人仍保有「敬老尊賢」的傳統觀念，我們自然就懂得去包容、體諒老人的抱怨和囉唆，晚輩也會願意適時地對長輩說幾句體恤的安慰話語，讓他們覺得雖已年老力衰，卻依然受到他人的重視與關懷，老人的心裡就會感到些許的欣喜與安慰。美國人比較沒有「敬老尊賢」的觀念，美國老人獨立性強，也很少有經常抱怨的習慣，因為他們不太受年輕人尊重，所以自然就不敢多抱怨了。

現在人的生活都很忙碌，各人都有自己的煩惱和不如意的事情，特別是美國人一向是以自我為中心，根本沒有閒情逸致去聽別人的滿腹牢騷和苦水。一般朋友見面都是談論一些輕鬆愉快的正面話題（constructive topic），大家笑呵呵地溝通交誼一番，若不識趣地在那抱怨或發牢騷，別人可能基於禮貌，說一句客套的安慰話，然後趕快結束談話，他們下次再也不願和你交談。稍有教養的老美會說：「讓我們換個話題。」（Let's change the subject.）有的老美乾脆就毫不留情地對你直說：

「我不要聽你的抱怨。」（I am not going to listen to your complaining.）

當然就不再會有下次談話的機會了。

　　一位有虔誠宗教信仰的女友見人總是笑口常開，喜歡讚美別人，她總愛說一些好聽、有趣的話與大家分享，讓別人開心，自己也快樂。所以大家自然都喜歡和她聊天交往。由此可見一個心情愉快人，她的話題也是愉悅的。那些對生活不滿的人，他們總是喜歡繞著不愉快的芝麻小事上打轉，因此可由一個人談話的主題或內容反映出他（她）心境的好壞。

　　與人交談時，我們不應只限於說你好、我好或天氣的陰晴、好壞，最好懂得去選擇一些愉快的話題，或是對方有興趣的話題（interesting topic）來說，讓對方有發揮的空間並樂於回答此問題，場面就不至因沉悶而尷尬，如此雙方談話才能繼續下去。當對方說「讓我們換個話題」時，我們就應立刻有所警覺是否自己說話的內容有所不當。若平日能多看些報章雜誌、書籍，多吸收新的消息與知識，才不至被他人視之為孤陋寡聞，無話可談的井底之蛙（The frog in the well knows nothing of the great ocean.）。

　　由於中西文化教育背景、思考方式的不同，在美國應懂得尊重他人的隱私權，不要隨便問別人的年齡、體重、薪資、個人的感情、婚姻等的私人問題，同時也不要隨便去議論或批評別人，應給別人足夠的自我空間。有時我們問別人一個

不恰當的問題，對方很可能會不客氣地說，少管閒事（It's none of your business.）。有的人會比較客氣地反問你說，你為什麼要問？（Why do you ask?）這個表示你的問話已令對方感到不滿，我們就不要再追問下去。有的老中還傻乎乎地非要「打破砂鍋問到底」，同樣當別人問我們不恰當或太過隱私的問題，我們也可以採用這種問話方式，用一個問話去回答一個問話（Answer a question with a question.）。這種說話方式基本上是含有一些權威性、反擊性或是表示不滿之意，例如老闆對職員，老師對學生，叛逆的青少年對師長的不滿。為什麼（Why）的問話有懷疑、不滿或責備之意，最好盡量避免用它而造成對方的不悅。

我們人的主觀意識都很強，尤其是自幼所受到的生活環境影響甚大，都認為自己的主張與文化習俗是最好的，所以很難接受其他不同的意見與文化差異。中國文化以家族為重，比較不尊重個人的權益，在一個家族裡，每一個人都應遵守固有文化習俗，較為特殊的人必遭他人的議論，我們老中已非常習慣以自己認同的方式去批判別人而不自覺。

我們應該瞭解雙方的不同與差異並不表示不對或不好，我們不能硬把自己的觀念加諸在別人的身上，僅由自己個人的角度和標準來批判別人。我們總以為自己沒有錯，完全都是

別人的問題（other people's problems），認為是「別人」應該講理，卻忽略自己的無理。當一個人遇到阻礙和困難時，若不懂得及時變通或作逆向思考，往往會因剛愎自用而導致與他人的爭吵和誤會。

我們老中習慣於黑白（black or white）的二元對立的思考模式，認為不是對就是錯（right or wrong），而忽視其中的灰色地帶（the gray areas），我們需接受他人的與眾不同，讓每一個人都有更寬廣的自我生存空間，人才能活得更快樂且自在。

美國人同樣有許多自以為是的想法，自九一一事件之後，少數有思想的老美已開始反思，恐怖分子的問題，美國的經濟、教育、種族的各種問題，這些都將會成為美國社會之隱憂，老美應及早去深思、探討與謀求改進之途。

Service keeps you young, healthy, and alive.
服務人群使你年輕、健康並有活力

　　榮獲**1953**年諾貝爾和平獎的史懷哲（Albert Schweitzer，1875～1965），他學問淵博，曾獲哲學博士學位。**1913**年毅然決然地決定到非洲去，致力於醫療工作，在蠻荒叢林中行醫達五十餘年，最終病歿於工作崗位上。畢生努力以赴，實踐人道主義，為人類爭取幸福。

　　另一位頗受世人尊崇景仰，被譽為「貧民區聖人」的諾貝爾獎得主，德蕾莎修女（Mother Teresa）她出身於一個良好教養的南斯拉夫家庭，從小接受天主教的教育，十八歲進修道院，成為一位修女，這位身材瘦小的諾貝爾獎獲得者，終其一生在為病弱者與世上最貧窮的人服務。許多人都問德蕾莎修女她偉大成就之秘訣，她只簡單回答了一句話：無所謂的大事，僅有用大愛去完成一些小事情（There are no great things, just little things done with great love.）。

　　移民至美的一位猶太人，他十分感謝美國給予他們一家人安定富足的生活環境，他過世後，除留下小部分的財產給妻

子外，並未留分文給兒女，他認為他已給兒女受了很好的教育，他們已能自食其力，大部分的遺產數百萬美金都捐給了慈善機構。

人是社會的一分子，一個社會的好壞，也正彰顯出此社會的人文素質，所以人不僅是要關心自己，同時也應關懷自身所處的環境與社會，特別是社會上一些殘疾、貧困的弱勢團體，他們需要更多的支持與關懷，也唯有如此，我們的社會才能更加安定、祥和，被稱之為一個文明進步的社會。

現今是一個全球化、國際化的社會，注重的是「服務的精神」，國父曾說：「人生以服務為目的。」（Life is for service.）服務社會人人有責，人無分貴賤，職業亦無分高下，由達官貴人至販夫走卒，只要有心，人人皆可以服務人群為志業，關心人群、回饋社會，達到「我為人人、人人為我」的大同世界的理想。一個深具愛心的社會，必是一個具有善良風氣，沒有暴力的社會，每個人也都能為社會貢獻一己之力，發揮出自己無限的潛能，有人認為，服務人群使你年輕、健康並有活力（Service keeps you young, healthy, and alive.）。

美國的許多高中學校都規定學生必須參加社區服務的工作，而且這是要算學分的，如此可以訓練學生有服務社會的熱情與好習慣，當他們長大成人就會懂得要去回饋社會，他

23

們會認為能夠付出自己的時間與精力為社會服務做義工（volunteer）是一件理所當然而且非常具有意義的事情。

美國九一一事件之後，龐大的善後工作都是由許多的自願服務的義工在默默行善。2005年，發生在美國南部的卡翠納颶風（Hurricane Katrina），使紐奧良市及近郊變成澤國，造成美國有史以來損失最嚴重的天災，當地災民曾怒責聯邦政府的救災行動反應遲鈍，甚至要求總統把聯邦急難管理局（FEMA）的官員全部開除，有人還遷怒於種族的歧視。當時的颶風災後救援工作備受全球的矚目，美國民間團體及義工們的努力發揮了巨大的功效，其中有許多感人肺腑的事蹟發生，在政府與民間的全力救災之下，才能夠使這一場災難漸趨平靜，沒有節外生枝而釀成其他的事端。

凡事都需要大家的共同努力才能順利完成，個人的力量畢竟是有限的。世上任何一個人的成功也必須靠「天時、地利、人和」。其中又以人和最為重要，「達則兼善天下」，當自己功成名就之後，不要忘記回饋社會，做一些有意義而利於公眾的善事，美國的捐獻文化，包括捐獻金錢、知識、經驗、時間，取之於社會而用之於社會，美國人的捐獻文化幾乎是一種全面性的認知，若沒有安定的社會哪會有個人的安全保障呢？做為一個現代人不僅要關懷我們的社會，同時也

能對地球上所有人類多一分關懷，這世界就會多一分和平。

　　許多人也許認為在金錢和名利中可以找到快樂，其實人唯有在好善樂施的奉獻中才能找到人生真正的快樂與最大的滿足。服務他人是一種福報（Serving others is a blessing.）。我們服務是出於愛心而非職責（We serve not out of obligation but out of love.）。讓我們大家多參加義工的服務，在我們的心中播下愛的種子。

美南加州的三位美女大方地擺姿勢在遊園會場讓人拍照。

Make a choice.
做一個選擇

　　台灣一位名作家曾在一次演講會上告訴大家，他自幼因家境貧困，當年只能夠選讀免費且供食宿的文科大學，結果卻因此而造就了今日的他，這是他當初始料未及的。他的成功不正因他毫無怨言地奮發努力，堅信執著於這既定的選擇嗎？

　　記得二十多年前，一位女友在美獲得化學碩士學位，即謀得一份待遇優厚的研究工作。數年之後，她不顧家人強烈的反對，竟毅然決然地放棄工作，重回學校選讀她自幼就喜歡的繪畫課程，畢業後任職一家布匹工廠的繪圖設計師，深受老闆的重視與肯定，待遇雖大不如從前，而她卻樂在其中。如今她已擁有一個屬於她自己的繪圖設計公司，每天忙得不亦樂乎。

　　一位友人說，人生是選擇題。我卻認為人生是在一連串不同的選擇中不斷學習成長的過程。

　　我們一生中必須面對許多不同的選擇（We have to face many

different choices in our lives.）。例如我們每日清晨一睜開眼，心裡就開始盤算，不知外面天氣如何？若是上班族的，就會想到今天該選穿哪一套服飾較為合宜，接著想到，早餐要吃些什麼？屆時中餐、晚餐又得費神去思量。由日常生活中的繁瑣小事到人生的學業、事業和婚姻等大事，不都得一一去做選擇嗎？我們生命中的每一件事都是一個選擇（Every single thing in our life is a choice.）。特別在做任何重大事務的抉擇時，心中多少會有一些疑惑，我做了對的選擇嗎？（Did I make the right choice?）

當我們小的時候，我們的父母為我們做了所有的選擇（When we were little, our parents made all the choices for us.）。直至年歲增長，我們才漸有機會為自己做一些選擇。有些父母「自以為是」地替孩子做了各種選擇，甚至包括孩子的未來與婚姻大事，完全輕忽孩子自身的性向和意願，無異已剝奪了孩子學習和成長的機會，這種一輩子都生活在父母掌控之下的孩子，他的內心將是一個永遠無法成長的侏儒。

友人之子，雖然已成為一位眾人皆稱羨的醫生，但是這並非他自己當年的意願和選擇，多年來心中為此一直對父母感到怨懟不滿，如今木已成舟，而親子之間的感情也因此刻畫下一道難以彌補的裂痕。

由於當年選擇了不同的科系或學校因而改變了一生命運的

方向，在事業與婚姻上的選擇又何嘗不是如此呢？有些在當年被認為是一個最光彩榮耀的選擇，然而日後卻縮水或變了質。相對地曾經被認為是一個黯然無奈的選擇，後來反而有意想不到的豐碩成果。

我們的一生確實有許多可以掌控、選擇的機會，能夠去選擇就表示自己擁有這份能力，願意擔當這個責任，勇於接受這份挑戰。人世間的生、老、病、死何曾給我們一個選擇的機會？能夠有選擇的機會是幸運的，我們應珍惜它，勇於對自己所做的選擇負責，同時我們也可以獲得一個磨練和成長的機會。老美常愛說，你自己鋪的床，你自己睡（You made your bed, you sleep in it.）。有自我負責之意。

別輕易讓他人剝奪或自動放棄了我們選擇的機會，一個心智成熟的人就應勇於承擔自己所做的每一個選擇，更何況世上任何的選擇都沒有絕對的好與壞之分。當人們自己做選擇時，有時他們做了錯的選擇。這就是人生！（When people make their own choices, sometimes they make the wrong choice. That's life!）「塞翁失馬焉知非福，塞翁得馬焉知非禍？」人生本就是有得有失。

一些老美認為 Dick's 這家的漢堡最好吃。

也有老美喜歡吃棉花糖。

由老中經營的 Panda Express 在全美有數百家
的快餐連鎖店。

有人愛吃 IN-N-OUT 有人愛吃麥當勞。

Money will not
buy everything.
金錢非萬能

　　美國是一個資本主義的社會，大部分的老美較重視物質生活上的享受，他們購置豪宅、大車藉以炫耀自己的成功。老美在生活上的一切，都要以「大」為派頭來取勝，許多東西、事物大得讓人覺得唐突、笨拙甚至有些傻氣。「好大喜功」正是一般美國人的習性，富商豪門則更甚之，西風東漸，許多老中不也樂於跟進嗎？

　　在美國，大部分的人都是以分期付款（installment）的方式購屋、買車、添置家具等，往往賺錢愈多的人欠債也愈多，當然不可否認美國是個非常自由的國家，也有人過著非常簡單樸實的生活，並非人人都是拜金主義的追隨者，他們視精神生活為最大享受，視世俗名利如浮雲，甚至有人願意過著如苦行僧似的生活，但這類人畢竟是少數，而拜金主義、自私自利，已成為美國社會的一種普遍現象。

　　法國著名小說家，奧諾雷巴爾扎克（French novelist Honorè de Balzac, 1799~1850）所寫的《高老頭》 *Le Pere Goriot*（English title:

Old Goriot）是他代表作之一，透過高老頭這個角色，他寫出那些資本主義世界裡拜金主義的人對金錢的吝嗇（miserly）與貪婪（greedy）因而造成的罪惡，高老頭把所有財產都給了他的兩個女兒，她們只認錢，不認人，最後高老頭被兩個女兒拋棄，甚至在他臨終前，兩個女兒竟都未出現。

有一西方諺語說道：金錢不是萬惡之源，對金錢的貪婪才是萬惡之源（Money is not the root of all evil; the love of money is the root of all evil.）。錢的本身是沒有善惡之分的。水能載舟亦能覆舟，金錢可以使用在很有意義與建設性的地方，人們可以用它來建造醫院、救濟窮人、設立學校、公共圖書館、教育社會民眾、提高國民素質與文化水平等。有人把金錢視之為糞土，不屑一顧；有人卻疲於奔命，窮其一生都在做金錢的奴隸。

社會愈富庶，愈文明，誘惑就愈大，面對誘惑，有人想不勞而獲或一夜致富，而不擇手段，只要能賺錢，偷搶、詐騙，完全不顧他人死活，販賣毒品、假藥、假酒。「君子愛財，取之有道。」人要靠自己努力，不可受金錢權力誘惑，現在很多中國人在社會與經濟的快速發展下，都在向錢看，竭盡所能去謀取自身的利益與物質生活上的享受。其實不論是中國還是外國，今日社會已淪入以金錢來衡量人的價值，笑貧不笑娼，許多人認為金錢是萬能的，所謂重賞之下必有

勇夫。人為財死鳥為食亡。有些人在金錢的誘惑下，鋌而走險，因而貪污、販毒、殺人，成為社會的公害。

雖說金錢萬能，但世上有些東西是無價的，它是金錢無法買到的。有一些值得我們深思的話語，例如：有錢可以買到食物，卻買不到好味口（Money can buy food but not an appetite.）。有錢可以買到舒適的好床，卻買不到睡眠（Money can buy a bed but not sleep.）。有錢可以買到一棟房屋，卻買不到一個家（Money can buy a house but not a home.）。有錢可以買到醫藥，卻買不到健康（Money can buy medicine but not health.）。由此可見金錢並非萬能（Money will not buy everything.）。

《日常使用有關金錢的例句》

Money talks. 有錢能使鬼推磨。

Money is no object. 金錢不是問題。

Money breeds money. 錢生錢，利滾利。

Money does not make people happy. 錢不一定讓人快樂。

Money isn't everything. 金錢不是萬能。

Money makes a man. 金錢可造就一個人。

It is easier to get money than to keep it. 賺錢容易，守成難。

Positive Thinking
正面思考

　　初來美的幾年，正是面臨生活與工作上的適應與考驗的階段，要想融入異國他鄉的文化和社會，短短數年之間是難以達成，為求身心上平衡，喜歡看一些有勵志性的書籍，特別是一些有關正面思考（positive thinking）的書籍，這些書籍確實給予我心靈上很大的鼓勵與幫助，讓我有力量與信心才能繼續在競爭激烈的美國社會找到一所安身立命之處。*The Power of Positive Thinking* 這本書的作者 Norman Vincent Peale 於西元1952年寫了此書發行於市，曾轟動一時，成為最暢銷之書籍，當時也受到一些人的冷嘲熱諷與批評議論，直到幾十年之後，科學家才終於瞭解更多有關人腦在正面思考上的價值。書上的第一句話就說，相信你自己！信賴你自己的能力！（Believe in yourself! Have faith in your abilities!）書中強調正面思想的重要性，它足以影響人一生的成敗。

　　你的負面想法會得到負面的結果（If you think in negative terms, you will get negative results.）。若你的想法是正面就會獲得正面的結

33

果（If you think in positive terms, you will achieve positive results.）。歷經半個多世紀（more than half a century），如今正面思考會產生正面結果的這種想法不再有人爭議（Today nobody argues with the idea that positive thinking produces positive results.）。許多人際關係、心理建設、成功勵志的書籍都會論及正面思考的重要性。

　　一位近中年的老美女同事，她經常喜歡去上有關「正面思考」的課，每當她剛上過課後的那幾天，總是精神百倍，充滿自信，但過些時候她又回復到以往無精打采，自艾自怨的「負面思考」（negative thinking）情緒中，一年她要花上千元的美金去參加「正面思考」的課程，這種課程當然會有些功效，只是要真正地完全去改變一個人實在不是一件容易的事，是需要全力以赴，再加上信心、恆心與毅力。要由人的內心真正去認知後，再努力地去身體力行，即使不願意做時也要強迫自己去做，直到完全接受、融入而轉變成自己性格的一部分，不是暫時性的頭痛治頭，腳痛醫腳的治標方法，而是永久性的釜底抽薪、一勞永逸的根除辦法，這就是為什麼「正面思考」的課程並非對每一個人都有絕對的功效。

　　這幾十年來美國兒童教育都是建立在正面的自我形象，專家們都認為樂觀自信的孩子學習能力較為強，有些孩子天生就比較樂觀，有些孩子則截然不同。其實孩子要正常成長，

保持精神健康與身體健康是同等的重要，心理學家說，樂觀的思想是可以經由後天的努力培養的，要培養孩子樂觀的態度，父母首先必須具有樂觀的思想，同時在日常生活上表現出樂觀的態度與行為。父母的言行就是孩子最佳的學習榜樣。

例如在家用晚餐時，正是一家人每天團聚的最佳時刻，父母可以利用此機會說一些有趣的事情或講笑話給孩子們聽，使用餐時的氣氛良好，讓大家共聚一堂，能享受一頓溫馨愉快的晚餐，有的父母卻是利用用餐時間數落孩子的不是，以致讓孩子不願與家人一起晚餐，或藉故晚歸避免進餐時的不愉快場面。

例如為了讓人的心情愉快，心理專家說，每天清晨一起床就要對著鏡子大笑，即使不想笑也要勉強或假裝地笑，假裝久了，假亦可成真，自然就笑得出來了，因為笑是一種運動，它可以幫助面部肌肉的活動，藉以運動面部的神經，當人在痛苦的時候，遇到很好笑的事情，一樣也會笑起來的，如此一笑即可轉換人的心情。

正面思考就是凡事往好的方面想，這也是一種思考的習慣，它使人避免自艾自怨、悲觀自嘆！當我們埋怨自己「沒有鞋穿」時，別人「連腳都沒有」，如此一想，就會多一分感

恩的心而不再抱怨或自嘆不如了。

生活態度悲觀者對任何事情總先看到陰暗的層面（the dark side），人容易吹毛求疵、怨天尤人、怨憤不平而無法看到光明的層面（the bright side），給自己帶來生活上的壓力與煩惱。而生活態度樂觀者若遇到任何困難和挫折，都會以樂觀、積極的態度去面對，相信問題總會迎刃而解，從而勇敢地面對現實，努力進取，對未來自是充滿信心和希望。同樣一件事，因為完全不同的想法與觀點而造成完全不同的悲與喜的結論。正如同樣的半杯水，悲觀的人會說，杯裡只有半杯水了；而樂觀的人就會認為，杯子裡還有半杯水（The glass can be either half full or half empty.）。

老美天性較為樂觀，他們不管在任何困難與悲痛後都能重新調整心態再出發，而且還能在負面的情況中找到積極正面的意義，這一點值得我們老中學習。

Practice being a good listener.
學做一名好聽眾

　　兒子在台灣讀過幼稚園及一年小學，我曾講中國二十四孝的故事給他聽，而且我也常誇讚兒子是個孝子，無論我說什麼他從來就不曾頂過嘴，他深知說話頂撞父母就是不孝，而女兒來美時才兩歲多，自幼受到西方文化的影響較早，她雖也乖巧，卻有她的一番說辭。記得女兒小的時候，有一次我曾責罵她，她竟然敢大膽地跟我頂嘴，兒子還在一旁勸妹妹不可以和媽媽頂嘴，結果女兒急得大聲吼叫說：「如果不讓我說出來，你們怎麼會知道我的想法呢？」女兒這麼一說，我也認為她的說話確實有些道理。

　　現代人的生活忙碌，凡事講求效率，很少有時間和耐性仔細用心去聽別人講話，即使是在眾人聚集的場合，只聽到高談闊論之聲，大夥兒你一句、我一句地爭搶著要表達自己的意見，人們喜愛說話而不願聆聽（People would rather talk than listen.）。古希臘哲學家，柏拉圖（Plato）曾說，智者說話，是因他們有些話要說；愚者說話，則因他們必須說一些話（Wise men talk because they have something to say; fools, because they have to say something）。

　　一般人很少會全神貫注地去聆聽別人說話的內容。往往在匆忙中，有人未把話聽清楚，或是斷章取義，就很容易造成一些言語不當的傷害、誤解與衝突。有時也可能是說者無心，而聽者有意，引發一些無謂的衝突與紛爭。所以不僅是說話需有技巧（speaking skill），聆聽的技巧（listening skill）也是同樣的重要。

　　其實聽人說話並非是一件易事，如何聽人說話才能聽得清楚透澈，或讓對方感到愉快滿意呢？首先要做到專心地聽，不可一面在做些瑣事、寫字或翻閱書報，應暫且放下手邊一切事情，仔細用心去聽對方正在說什麼，進而要完全投入對方所說的話題中，好像對方是眼前唯一最重要的人，不僅清楚明白對方所表達的意思，甚至還要能聽出對方語言中隱藏的深意。其次是要看著對方的臉說話，千萬別左顧右盼，心不在焉，將注意力集中在對方說話的內容上，讓對方認為你對他所說的話有興趣，如此對方才會產生信心，願意繼續說下去。

　　聽人說話時，還要能夠善加利用一些有效的肢體語言，在與對方談話過程中，要不時地有一些反應，可以傾身向前

（lean forward）表示專注和有興趣，笑與點頭以表贊同之意（smile and nod your head in agreement），或說一些附和語句，亦可適時重複對方所說的話，表示自己完全瞭解對方話裡的意思。

聽別人說話時，尤其避免高高在上，站立於他人座前，猶如老師對學生，老闆對下屬的對立形勢，可以坐下來與人平等地交談，尤其是對小孩子，可以蹲下來聽他們說話，讓孩子覺得親切、被關懷和瞭解，如此，他們才認為你能夠從他們的眼裡看到相同的事情。

想要做一位受人愛戴的上司，就應愛護下屬，當下屬有意見時，一定要仔細聽取他們的意見，讓下屬感覺自己受到上司的關懷與重視。同樣在親朋好友之間也應學習做一個好聽眾，有時要懂得尊重別人的不同，不管自己有多麼強烈反對的心情，不要催促說話的人，不多嘴、插嘴，讓別人把話說完後再來表達自己的意見。總之要學習少說多聽，聽別人怎麼說，特別是自己不懂的事情，更需要多聽別人說，否則言多必失，或是外行人想冒充內行，反讓人貽笑大方。

有些中國人自認為「才高八斗」、「學富五車」，而藐視他人，從來不肯聽別人說話，這種壞習性應加以革新。萬世師表的孔夫子都說，「吾不如老圃」。就連孔子這麼有學問的人，都深知術業有專攻，人各有專長。所謂，隔行如隔山，

39

人有其各自不同的專業知識領域，在其他專業領域裡也必定有所不足。人要虛心學習，學習他人的長處，自己也可由別人的經驗之談中去學習，聽別人說話，即是一種很好的學習態度。

為人父母應從小培養孩子在安靜的環境下，聽故事或上課學習，讓孩子及早學習專心去聽，聽過後再讓孩子自己說一遍，這樣可以訓練加強孩子的聽力，否則孩子不能專心就無法聚精會神地傾聽別人說話，往往就會「有聽沒有到」或是「左耳進、右耳出」，正因孩子上課時的注意力不能集中，聽人說話的持久性很短暫，當然無法有效地吸收到應該學習獲取的知識。相信任何一個成績優秀與學習力強的孩子，他們絕對都是肯專心學習的好聽眾（good listener）。

《日常使用例句》

Walls have ears. 隔牆有耳。

I am all ears. 洗耳恭聽。

Let me finish first. 先讓我把話說完。

Please listen to me. 請聽我說。

Choose a wife by your ear rather than by your eye.
選妻用你的耳，不用你的眼。

Keep Smiling!
保持微笑！

　　女兒小的時候就很乖巧，很少會無理取鬧，而自己當年因年輕，心浮氣躁，又不懂得體諒孩子年幼的天真無知，偶爾會對孩子過於嚴厲苛責，女兒挨罵時心裡覺得很委曲，臉頰上掛著兩行眼淚來對我說：「媽媽！妳看我眼睛裡有眼淚。」意思就是她傷心地都哭了，聽女兒這麼一說心裡也有些過意不去，就立即上前摟抱著她，擦乾她雙頰上的淚水並哄說：「是媽媽不好，不應該那麼兇地罵妳，別傷心了，給媽媽看一看妳臉上美麗的小酒窩（dimple）。」平日我總喜歡讚美女兒笑起來的時候，臉上的那一個漂亮的小酒窩。所以女兒也常喜歡對我撒嬌說：「媽媽妳看我的小酒窩，漂不漂亮。」每次誇讚她好漂亮，女兒就高興地笑得好開心。自幼她就是一個愛笑的快樂女孩。

　　女兒七、八歲時就開始學溜冰，剛開始只是把它當成一項運動，沒想到她竟溜出興趣來了，每天早上五、六點就先到溜冰場去練習，然後再上學，下午下了課又直接回到溜冰場

去練習，她十一歲時曾獲得美國西北部少年女子組個人花式溜冰冠軍。自女兒上中學後，在課業與運動無法兼顧之下，女兒選擇了專心回學校念書。

世上任何的努力都沒有白費，女兒由溜冰運動中學到的運動精神與各種經驗是無價的，她深知要努力不斷地反覆練習一個高難度的動作，跌倒了要再爬起來，幾十次、甚至幾百次以上的重複動作練習，這是需要有相當堅忍不拔的勇氣與毅力，如此持續多年來的辛苦鍛鍊，不僅是體能上的鍛鍊，更是心志上的磨練。

每次在溜冰比賽之前，老師都會面授機宜，告訴參賽者不要緊張、害怕，更要記住隨時臉上都保持微笑（Keep smiling!）。即使在表演頭向後仰的連續打轉的動作時，臉上一樣要保有笑容，若在表演中不小心跌倒在地時，依然是要保持最甜美的笑容，盡快地爬起來繼續表演下去。

老師告訴大家要保持笑容。

　　一個人若能把運動精神實際地運用於人生的各個方面，例如學業、工作、家庭、事業、人際關係上都是會產生極大的功效與助益。女兒能在學業上有優良的表現，在工作事業上有些許的成就，相信正是因這種寶貴的堅持不懈的運動精神早已深植於她的心中。特別是女兒養成了臉上經常都保持著笑容的良好習慣，讓許多人都讚揚她特有的甜美微笑與高雅氣質。

　　西方人說，歡笑，整個世界與你一起歡笑；哭泣，只有你獨自一人哭泣（Laugh, and the world laughs with you; weep, and you weep alone.）。我們中國人也說，笑一笑十年少。能經常保持微笑的人，心情較為開朗愉悅，也易於與人相處，不僅有益自己身心的健康，同時會讓所有身邊的人也樂於接近，而且微笑還有許多意想不到的好處，尤其處於現今步調快速的社會裡，美麗的微笑在生活與工作上都是不可缺少的肢體語言。有一句英國諺語：美就是力量；微笑是美的利劍（Beauty is power; a smile is its sword.）。

《關於微笑的例句》

A smile is infectious. 笑是會傳染的。

A smile is worth a thousand words. 微笑勝過千言萬語。

Smiling can make any situation better. 微笑可以改善任何的情況。

A smile is powerful and luckily it is free.
微笑有無比的力量，很幸運它是免費的。

Laughing is good for the soul. 笑有益於心靈。

Spanking Kids
打孩子

　　生兒育女是人類的天職，而教育兒女更是父母的重大職責，古有明訓：「養不教父之過，教不嚴師之惰。」孩子年少無知，一定需要父母、師長的誘導與管教，要如何管教才能產生最有效的成果呢？中外的專家、學者都各自有其不同的論調。

　　我們中國父母接受的是中國式的傳統教育（Chinese traditional education），幾千年的中國文化，做一個中國人就承襲了苦難中國的憂患意識，總要未雨綢繆，不少中國父母乃有「養兒防老，積穀防饑」的舊式觀念，父母總認為孩子要有出息，希望孩子一定要比自己強，甚至是把自己無法實現的心願寄託在孩子的身上，孩子的成就變得與自己息息相關，當孩子犯錯時則嚴加處罰，這種「不打不成器」、「棒子底下出孝子」的舊式觀念依然存在。

　　當孩子犯錯時，是否嚴重到非要挨打的情況呢？有的父母在氣頭上時忍不住就會打孩子出氣，根本不是在管教孩子。

所以專家呼籲父母說，不可藉由打孩子發洩你的怨氣（Don't take out your frustrations while spanking.）。

我們中國人管教兒女的方式其中不少是屬於負面性的（destructive），經常可以聽到父母會對孩子說，「你簡直笨得就像豬一樣。」「你真是太沒出息了，連個學校都考不上。」「什麼時候你變得這麼聰明？」「我才不相信這是你的主意。」「再不聽話我就叫警察來抓你。」「最好給我小心點，下次我絕不饒你。」話說三遍狗都嫌，這種話說多了，兒女會認為父母嘮叨不休，乾脆當成耳邊風，左耳進、右耳出，而且這些羞辱、否定、貶抑、諷刺、嘲弄、懷疑、威脅的負面的話語，對孩子不但沒有任何的效果，反而會讓孩子心中感到自尊與自信受損、不受到重視或不公平待遇，因而造成孩子心中不服、漠視、氣餒、墮落，甚至放棄自我的各種反效果的行為。

現代的中國父母在管教兒女時，要注意自己的言語，不要因一時之氣而口無遮攔去羞辱、輕蔑自己的孩子，正如一些父母常會生氣地對孩子說：「你乾脆給我去死吧！」有的孩子一時想不開真的就去死，這種不幸事件也曾發生過，只因父母的一句氣話而造成一生不可彌補的悔恨。

美國人管教兒女的方式，都是盡量採用較為正面性的（constructive），老美父母對孩子總是讚不絕口，「你真是好聰

45

明。」「你簡直太棒了。」「我相信這一定是你的好主意。」「我真是以你為榮。」這些稱讚、欣賞、鼓勵的正面話語，對孩子有很大的激勵效果，會讓孩子感到被重視與尊重，增加孩子的自信心，為了獲得父母更多的讚賞，孩子們願意更加去努力（Kids are willing to work harder in order to get more praises from their parents.）。

美國兒童心理學的專家們大都認為，打孩子是絕對不可以的（Spanking is never okay.）。他們認為打孩子固然會讓孩子因害怕而暫時聽話，但這是一個負面的管教方式，不宜使用，有許多不同的方法會比體罰更為有效（There are many alternatives better than physical punishment.）。

湖光山色的西雅圖是全美最適合人居住的城市。

Teenager
青少年

在襁褓中的嬰兒，父母很容易就能滿足他們的一切需求，乖巧可愛的幼兒，在父母的眼裡如同天使般地令人疼愛、討人歡心。等到孩子日漸成長，開始有了自己的想法與意見時，他們不再對父母的話言聽計從，到了最讓父母憂心、煩惱的青少年叛逆時期，孩子對父母的權威已感到懷疑、不滿，甚至反感，雖然盡職的父母用盡心思，嘗試各種可行的溝通方式，但一點也摸不透青少年的心理。

當青少年的身心正在發育、成長和改變中，他們自認不再是三歲的小孩了，極力要去反抗、掙脫父母的管教與約束，更急切想要尋求自我，渴望擁有個人的獨立自主權，事實上他們還缺乏真正獨立的能力，心中尚存有依賴性，就在選擇獨立與依賴間，往往讓青少年陷入苦惱之中，使他們的內心產生極大的矛盾與衝突。此時朋友即成為青少年生活中最重要的部分，朋友的言行，強烈地左右了他們的思想與行為。加上學校沉重煩雜的課業，同學之間的輿論和競爭，特別是

同儕的壓力（peer pressure）都會帶給青少年嚴重的心理壓力與挫折感，這種負面的情緒若無法適時得到宣洩，青少年就很容易走上抽菸、吸食毒品、偷竊，甚至自殺的途徑。青少年期間的父母需要有更大的耐心與愛心去關懷、瞭解和體諒孩子們的處境。

記得女兒青少年時，一日放學回家，剛走進家門就直嚷嚷對我說：「媽媽！妳知道嗎？做一個青少年是很不容易的（It's very tough to be a teenager.），我每天都有很多的壓力（I have a lot of pressure everyday.）。」雖然我十分不贊同女兒的說法，但也只好耐住性子去附和她說：「是啊！我絕對相信妳說的話，做一個青少年的確是很辛苦。」接著我故意誇張性地模仿女兒的語氣又說：「妳知道嗎？做一個『青少年的媽媽』才更是不容易呢！她『時時刻刻』都會有很大的壓力。」只見女兒對我聳了聳肩，然後擠出一個尷尬的笑容。

還有一次女兒由學校放學回家，一進家門就見她拉長著一張臉，我立即放下手邊家事，和顏悅色地走近她關心問道：「今天在學校有誰惹了妳？」小女回答說：「由清晨進校門到下午放學，我要對著所有同學笑臉迎人地打招呼，已經笑了一整天，我的臉頰都笑痠了，所以回到家我就不想再笑了。」聽小女如此一說，我心裡真是又氣又好笑，我也故意學著女

兒的語氣說道：「妳媽今天在辦公室忙了一整天，一樣也是要對老闆和同事們笑臉迎人地打招呼，竟然還被老闆罵了一頓，今天我的心情很不好，那麼我就不煮晚飯了，今晚全家餓肚子如何？」小女聽我如此一說，她自知不對，馬上就過來對我說了一聲，對不起！

小女在念中學時，她在學校是很受歡迎的人物（She is very popular in school.），受到同學們的擁護愛戴，被選為學校的學生代表，參加網球校隊、排球校隊、儀隊、啦啦隊等，許多同學十分崇拜她，認為她是一個天才，不僅是聰明美麗，口才好、功課好、人緣也好，簡直毫無任何缺點。曾有一次，在

身穿中國上裝的洋妞騎的這隻銅豬是西雅圖派克市場的一隻名豬，叫 Rachael。

學校的活動中心，一位長相較差且矮小的女同學跟小女打招呼，小女也回應她說聲好，而與小女同行的一位崇拜者就很不以為然地說：「這種人妳根本不用浪費時間去理她，妳有**驕傲的特權**（You have the privilege to be proud of yourself.）。」回到家女兒告訴我這一件事，我聽後幾乎愣住，心想，年紀輕輕的女孩怎可對人如此傲慢？我先不做任何評語，反問女兒說：「如果有一個比妳更漂亮、聰明的人，她也很驕傲地不理睬妳，妳會感覺如何呢？」女兒直搖頭說，這樣是不對的。等她自己先知道不對後，我才開口說：「世上哪有人希望自己是醜八怪呢？但美醜是天生的，妳很幸運，生來既漂亮又聰明，所以妳一定要心存感恩，對不如妳的人更加友善、謙虛。」女兒也一直點頭表示十分同意我說的話。

心理專家說，當孩子說任何父母認為是不對的話，做父母不要立即反駁，先讓孩子把心裡的話說出來，父母再以穩健平和的說話態度與孩子溝通，畢竟父母的思想比孩子成熟，不能像孩子般的情緒化，否則親子之間一見面就很容易進入唇槍舌劍的局面，這個家豈不變成了一個戰場嗎？

許多青少年做出反叛（rebel），甚至違法（illegal）的行為，大都是與家庭息息相關，由於破碎或不正常的家庭，或是親子關係的疏離、不和，青少年因得不到父母的關愛與家庭的溫

暖，就很容易受到不良分子的影響而誤入歧途。

有些青少年不願與父母溝通，他們會對父母說，你們一點都不瞭解（You just don't understand.）。的確，青少年的想法父母不易瞭解，但父母可以多閱讀與吸收一些有關青少年的書籍和資料，多去請教那些教導子女有成功經驗的父母，學習並吸取他們經驗的成果。同時學習與孩子一起遊戲、看書、聊天，並培養、增進親子之間的一些共同話題，如此才能多瞭解孩子的想法。

父母每天可以習慣性地以輕鬆、聊天的口吻問一下孩子在學校的活動情況，問話時要有技巧，可以用旁敲側擊的方式，先說一些無關緊要的話，再引出正題，要能尊重他們，讓孩子樂意表達自己的想法。父母藉此可及早發現孩子在學校是否有任何問題，盡快加以改善，以免孩子身心受到傷害。

曾看到電視上的一個訪談節目，一位正值青少年的美國女孩，她無法擺脫學校一些不良分子的糾纏、欺侮，父母為了保護女兒，決心由美國西部搬至遠達三千里之外的東部城市，完全隔離杜絕這些不良青少年的擾亂與傷害。由此看來老美也懂得「孟母三遷」的道理。

Avoid Making Comparisons
不要去比較

　　有的父母可能會對孩子這麼說，你看張家的小華在班上總是考第一，還有李家的大妞也都是名列前茅，看看你！怎麼跟人家比。父母說的話有些雖是屬實，但每一個孩子都有自尊心（self-esteem），這種話對孩子無異是一種輕視與傷害（despise and hurt），會讓孩子對自己喪失了信心，甚至自暴自棄，完全失去努力向上的進取心。

　　友人有兩個兒子，老大一向乖巧聽話、用功讀書，成績表現十分優異，很得父母喜愛與誇獎，偏偏小兒子個性叛逆、不愛讀書，因此父母對他深感不滿就說道：「你為什麼不能做一個好男孩像你哥哥一樣呢？」（Why can't you be a good boy like your brother?）愈是督促他用功念書，他愈是激烈反抗，父母也束手無策，只好任由他自由發展，小兒子因而才能全心專注於自己喜愛的事物上，長大之後獲得創業機會而日漸發達，沒想到他的成就反在哥哥之上，如今友人對小兒讚不絕口，深深以他為榮。

　　小女中學時期曾為數學考試的成績而煩惱,在她所有的課業中,唯有數學這一科,她必須很努力才能得到A的好成績。而其他同學可以毫不費力(with very little effort)就得到A。一日,小女傷心地問我為什麼她沒有別人聰明,她覺得自己真的好笨。我趕快安慰她說:「妳一點也不笨,每個人天生的才華不同。(You are not stupid at all. Everyone is born with certain aptitudes.)雖然妳的數學頭腦不及別人,但其他各方面妳都比別人強。妳非常聰明,應該為自己感到驕傲。」聽我這麼一說,小女終於破涕為笑,對自己又有了十足的信心。

　　在世人的標準看來(by the world's standards),人所看到的往往僅只是表面的好壞與美醜,內在的虛實與優劣是無法由外表分辨出來,正如園中芬芳豔麗的百花,各有千秋,無法以客觀的條件去相互比較的。世上只有完全相同的兩樣東西才能拿來比較,否則是無法比較的。更何況世上絕對沒有兩個完全相同的人(No two persons who ever lived were exactly alike.),每個人不僅外表的長相不同,還有內在的性向、志趣、聰明與才智都大不相同,所以人與人之間是絕對不可以拿來做比較的。所謂大材大用,小材小用。天生我才必有用。俗話不也說,行行出狀元。接受孩子他/她的真實原貌(Accept your child for who he/she is.)。

　　我們華人父母卻喜歡把自己的孩子拿來與別人的孩子比較，父母一旦有了比較之心，就會覺得自己的孩子不如別人，父母只看到別人家孩子的優點（strong point）而看不到他們的缺點（weak point），相對地，父母眼裡只看到自家孩子的缺點而低估（underestimate）了他們的長處，這種比較當然是不正確的，對你的孩子是不公平的（You are being unfair to your child.）。正如老美常說，隔壁鄰居的草坪總是比較綠（The grass is always greener on the other side of the fence.）。

　　美國發明大王愛迪生上小學時，他被老師認為是一個無法教導的低能兒，愛迪生的母親曾當過小學教師，她堅信自己的孩子絕不是個笨蛋。當年若是愛迪生的母親拿自己的孩子去和其他聰明的孩子比較而嫌棄他，這位偉大的發明家就無法誕生了。雖然愛迪生的老師放棄了他，但愛迪生的母親卻不肯放棄，她承擔起教育孩子的責任，正因這位偉大的母親更懂得去尊重愛迪生的愛好和感受，所以我們今天才能享受到愛迪生許多發明所帶來的成果。

Look before you leap.
三思而後行

　　小女自幼個性比較依賴，任何事情她總喜歡從家中的爸、媽或是哥哥哪尋求答案。每次我總會鼓勵她說，凡事自己先要去分析、思考後再做決定，而決定後產生結果的好與壞，也必須由自己負責承擔。小女說，就是因為她自己想不出來，不知如何是好才要問別人啊？我半開玩笑地對女兒說，每次當妳在吃好東西的時候，妳會不會想到要來找媽媽來幫忙妳吃呢？當妳肚子餓時，我也一樣無法幫妳吃啊！世上有許多事別人都幫不了忙。我堅持不輕易為女兒做任何選擇，也只能幫她把事情仔細分析一下，最後還是要她自己來做決定。

　　依稀記得小女念大學時，她曾想念醫學院，自己卻又猶豫不決，只好問我她該如何決定才對，我問女兒為什麼要讀醫學院？她說，因為幾位選擇念醫的同學都認為她應該念醫學院，還有中國父母不是都希望兒女能做醫生嗎？我問女兒，妳自己真的很想做醫生嗎？我把各種不同的原因與一些可能

的情況仔細分析給她聽後，又建議她先到醫院去做義工之後，再來做決定是否要不要念醫學院。後來女兒自己選擇了念法律，而且竟然未曾問過我的意見。多年來，她已不曾再來問我，她已知道該如何做選擇了。

世人皆知的雅典偉大哲學家蘇格拉底（Socrates, 469-399 B.C.），他曾說：「沒有經過反省的人生，是不值得活的。」他強調人應用理性去反省、思考，否則這種人生就不值得活。還有法國思想家帕斯卡爾（Blaise Pascal，1623-1662）說：「人是會思想的蘆葦。」他認為人的生命像蘆葦一樣脆弱，即使如此，人依然比宇宙間任何東西都高貴，因為人有一顆能思想的心靈。

我們中國古代注重自身的道德修養，認為學問的本質不是追求外在的名利與成功，人要能反思，子曰：「學而不思則罔，思而不學則殆。」學習和思考是不可分割的，若一個人只知學習而不去思考則無法明白道理，也無法將所學的一切有效地應用於現實的生活中；若只一味地苦思冥想，而頭腦裡缺乏廣泛的知識就很容易鑽牛角尖。人必須具有獨立思考與判斷的能力，平日就要不斷地學習、增長知識見聞，具備了深厚、淵博的人生經驗與知識，如此才不會人云亦云，受別人煽動或跟著他人一窩蜂起鬨。

　　我們過去的學校教育只是一股勁地灌輸知識，如同填鴨式的教育方式，形成學子們只會機械式的記憶，沒有培養獨立思考的習慣。而現代家庭大都是獨生子女，父母的驕縱溺愛使孩子的依賴性太強，現代的父母不僅應鼓勵孩子獨立動手做事情，還要鼓勵孩子獨立思考，多動腦筋去思考生活上各種不同的問題，凡是孩子自身能夠去處理的一切事務，父母就應先讓孩子自己去思考，給予孩子學習自己去面對和解決問題的機會與習慣。父母若能自幼教導、培養孩子獨立思考的習慣，他們長大後才能有判斷是非與果斷處理事務的能力。

　　有時父母不能太過保護兒女，要讓孩子嘗試做些事，偶爾也讓他們犯錯（Let your children try things and let them fail once in a while.），他們才能由錯誤中學習。而孩子犯錯時，父母不應只有責備，要花些時間解說為什麼你要他們那麼做的原因（Take the time to explain the reasons why you are asking them to behave in certain ways.）。給他們時間，讓孩子安靜下來去思考，要知道錯在哪裡？為什麼犯錯？如何去改正？下次才能有所警惕，不要再犯同樣的錯誤（Don't make the same mistake twice.）。正是我們中國人所謂的不二過。

　　父母親要從小讓孩子經常有思考的機會，有時可以藉由遊

57

戲的方式，親子之間玩一些需要思考的猜謎、測試問答、下棋，以及各類型的益智遊戲，培養、訓練孩子喜歡思考的好習慣，當他們長大之後，就能懂得凡事要「三思而後行」。
（Look before you leap.）

　　美國人認為，做事要有膽識、有進取心和冒險的精神，但他們經常是顧前不顧後，只向前看，更不懂得反思。曾有一件全國皆知的頭條新聞，Aron Ralston 是一位二十七歲的登山愛好者，一日，他獨自到猶他州的山區登山，一不小心踏到一塊不穩的大岩石而跌入山谷中，他的右手被夾在一塊八百磅重的大岩石下（His right arm was pinned beneath an 800-pound boulder.），幾天都無人知道。他的確是一位相當了不起的青年，在近乎絕望的情況下，最後他不得不下定決心，勇敢堅決地用一把小童軍刀慢慢地將自己夾在大岩石下的那一隻手割斷，才挽救了他的性命。他的冷靜、理智、膽識和勇氣都值得人佩服的，他把整個過程寫了一本書，書名為 *Between a Rock and a Hard Place*，此書已成為暢銷書籍之一，作者 Aron Ralston 也因此變成全美皆知的一位英雄人物。

　　這一位斷臂英雄事後也宣稱，他若再單獨出外去登山，一定會告訴親友們他的行蹤。一個人獨自到荒郊野外登山，竟沒有告訴任何一個人他的行蹤，這簡直是太大意了。他若是

中國人就不太可能有這種意外事件發生了，因為我們中國人一向就知道「父母在不遠遊，遊必有方」的道理，所以不太可能會獨自跑往一個無人知曉的深山野地裡。

美國南加州聖地牙哥海邊，許多海豹躺在沙灘上做日光浴。

Do as I say, not as I do.
照我的話做，可別學我的樣

　　記得念中學時曾流行的一個順口溜：「春天不是讀書天，夏日炎炎正好眠，秋高氣爽郊遊去，收拾書包好過年。」父母和老師們不知要說多少有關讀書的好處與大道理，孩子們總是把它當成耳邊風，左耳進，右耳出，而讀書對大多數的孩子來說，實在是一件索然無味的苦差事，至於「書中自有黃金屋，書中自有顏如玉」的說法，對不愛讀書者來說，簡直就是天方夜譚。

　　來美之後，由於生活、工作與內心上的一些困擾，當年又苦於無一可以訴說的對象，只能藉由書籍中的鼓勵話語來安慰與激勵自己，從此逛書店買書變成生活中的一種嗜好，而讀書竟成為我生命中不可缺少的精神食糧。

　　讓我一生受益匪淺的一本書，*How to Be Your Own Best Friend*（如何做你自己的好朋友），這一本薄薄不到一百頁的小書，作者 Mildred Newman & Bernard Berkowitz 是一對心理學家夫婦，他們以深入淺出的文字所寫的一本勵志書籍，1971

年出版時已售逾三百萬本，當時即成為全美的暢銷書籍。這本書是幫助人內心的成長，以及對自我更深一層的探索與瞭解，書中主要是說，我們要學習做自己的好朋友，如果我們能做到，我們就有一個永久的朋友（We can learn to be our own best friend. If we do, we have a friend for life.）。

孩子小的時候，我喜歡帶他們去逛書店，有時我會為孩子購買一本他們喜歡的書。他們認為書好貴，我總會解釋說，作者花了許多的精神和時間才寫出一本書給我們看，一本好書能啟發、勸導、鼓勵、滋潤人的心靈並幫助我們成長，所以書是一點也不貴的，而且花錢買了一本屬於自己的書，就更會懂得珍愛書，而且書隨時可以拿出來一讀再讀（Read it over and over.）。我常告訴孩子要養成喜歡看書和捨得花錢買書的好習慣。

父母無法永遠陪伴孩子過一生，即使最親密的好友也有分離的時候，唯有書是永遠的朋友（forever friends）。好書如同摯友，可相伴一生（A good book is the best of friends, the same today and forever.）。若書籍能成為孩子終身的良伴益友，生命的源頭，這將會是孩子一生最大的祝福與無盡的財富。

經常在圖書館（library）可以看到一些老中父母為兒女借一大袋的書，可憐天下父母心，他們恨不得讓孩子把書能生吞

61

活剝全給吃了下去，然而有些父母自己平日根本就不看書，他們卻逼著孩子去看書，試想這些孩子真的肯自動自發去讀書嗎？有些父母竟會對兒女說，「照我的話去做，可別學我的樣（Do as I say, not as I do.）。」不過俗話說，言教不如身教（Example is better than precept.），父母在孩子心中應是一個模範（role model）。

　　讀書的樂趣無窮，我們可在書中找到許多豐富和有趣的話語，好像傾聽益友之言，獲得心靈上的共鳴，父母若能與孩子共同讀一本書，其中的樂趣更是無窮，親子之間將會有許多可供討論或聊天的話題，父母能有機會與孩子一起學習，

被選入啦啦隊的成員都必須是品學兼優的好學生。

共同成長，在彼此的心靈深處都將留下一生永難忘懷的美好快樂時光。

人也許可以一夜成名或致富，唯有讀書完全靠慢工出細活，經年累月地努力不懈才能有所獲益，此種利益一旦獲得之後則是一生受用不盡。一位愛書成癖的文友說，她可以一天不吃飯卻不可以一日不讀書。古人不也說，三日不讀書便覺面目可憎、語言無味。

一位台北的名女人曾在網路上展示她金碧輝煌、美輪美奐的豪華新宅，一進大門映入眼簾的是一對巨大的象牙裝飾品，酒櫃，古董櫃，加上豔光四射的美麗女主人，坐在歐式豪華的皮沙發上，天花板上掛的是燦爛奪目且昂貴的仙得麗水銀大吊燈，腳下踏的是稀有珍貴的一張美麗花紋虎皮，牆上懸掛唯一的一幅抽象西洋畫作，除此之外不見有任何其他書卷氣息的書櫃、字畫。富麗堂皇的新居與華麗美豔的女主人真是相得益彰。英文裡有這麼一句話，一個房間裡沒有書好像一個人沒有靈魂（A room without books is like a body without a soul.）。

許多美國人都愛看書，我們在公車上經常看見老美人手一書，由此反應出這個社會國家的文化素養與水平。有些老美同事會把看過的書或雜誌拿到辦公室與其他人分享，許多人

會把自己讀過的書捐贈給當地的圖書館。

有人笑讀書人，「百無一用是書生」，讀書一點看不到實質的好處，但讀書可增長人的智慧，為生活中添加一些色彩與滋味。心情不好時，書永遠是人最佳的良伴，一書在手其樂無窮，忘掉世間所有的俗事、煩惱，而由書中獲得智慧。讀書是一個好習慣（Reading is a good habit.），一旦這種好習慣建立之後，會讓我們的一生都受用不盡。

無論何時你感覺到寂寞或傷心，取出一本有關的書籍來看（Whenever you feel lonely or sad, pull out a relevant book.）。當一個人能夠靜下心走入書的世界裡，所有生活上的不愉快都可暫時被拋到九霄雲外。

Generation Gap
代溝

　　記得兒子正值青少年期，他引以為榮地告訴朋友說：「我和我老媽之間沒有代溝（generation gap）。」我很高興兒子會這麼說，當年曾閱讀有關親子之間如何溝通的書籍，並請教過一些兒女有成、經驗豐富的長者，甚至諮詢過心理專家，這樣才能在孩子發育成長期間與他們和平相處，看來這一切的辛勞努力都是值得的。如今兒女都已成家立業，我已圓滿達成教養的職責，從此可以伸張我的自主權益，兒女才發現原來老媽和他們竟然多少還是有「代溝」的。

　　現今的父母和孩子穿著相同，聽同樣的音樂，像朋友一樣（Parents and kids today dress alike, listen to the same music, and are friends.）。這些年輕的父母與孩子的感情非常親密，孩子可以直呼父母的名字，他們與孩子間根本就沒有代溝的問題存在。但這種矯枉過正的情形同樣會產生一些其他的弊端，有的專家認為，父母與孩子之間的關係變成像朋友一樣，孩子就不再有尊敬父母的心，而父母為討好孩子則盡量避免與他們發生衝

突，孩子反而無法在與父母衝突的情況中獲得學習和成長的機會，人與人之間的相處總難免會發生一些磨擦，家庭正是一個最早提供孩子學習與人相處的團體，父母有責任與義務指導孩子在人際關係的衝突中學習和成長。

一般說來，十年的差距就是一個代溝，由於父母和子女生長在不同的時代，彼此不同的成長經歷與文化背景，自然會造成思想與人生價值觀上的差異，以至於對相同事情上的認知與做人處事的態度也大相逕庭，而「代溝」的產生是一種不可避免的必然現象。

尤其是第一代移民（first-generation immigrants），父母與子女之間最易產生衝突，父母偏重權威性的中國教育方式，一味要求子女按照父母的意願去做，不懂得給予孩子自由選擇的空

在機場等飛機時陪同孩子
玩遊戲的父母。

間；而子女在學校接受西方的教育，講求爭取自主權益的觀念，有的孩子頑強不肯順從父母，特別在青少年的反叛時期，他們對父母的權威更加不服，偏要執意「為反對而反對」，親子之間變得水火不容，代溝問題也日趨嚴重。

很多華裔移民父母因忙於工作、生活，很少有時間與子女聊天、溝通，再加上親子之間又缺乏適當的共同話題，彼此的距離漸行漸遠，雙方之間的代溝也越來越深，以至演變到彼此完全無法溝通、理解的地步。其實孩子長大了，在表面上看來，他們對父母的依賴性似乎減少，但在情感上與心理上，父母親永遠是孩子精神和心靈上的支柱。所以無論父母有多麼忙碌，都應該盡量找時間與子女聊天交談，從小就要培養孩子對父母傾吐心聲的習慣，每天可以主動問孩子一些有關學校同學、老師的有趣話題，讓孩子有表達自己想法、意見的機會，父母正好可以傾聽子女的心聲、知道孩子心裡在想什麼，適時加以鼓勵、讚賞他們優良的表現，千萬不要隨意去批評、反駁或責罵，而減低了孩子的自信心，從此羞於啟口，再也不肯表達他們的心聲和想法。

平日父母要能多表達對子女的愛護與關懷，讓子女真正感受到父母的關愛，有時也要讓孩子瞭解父母的一片苦心，如此親子之間才能夠懂得要相互溝通、諒解、認同和尊重。人

們可藉由努力，而能夠減低代溝的問題（By making an effort, people can reduce the generation gap to some extent.），親子之間的關係也定能漸趨親近、更加融洽。

美國父母與孩子像朋友一樣，在機場都席地而坐等飛機。

Personal Image
個人形象

當年約翰甘迺迪（John F. Kennedy）競選美國總統時，他既年輕、英俊、有自信、又有魄力，在電視機前猶如好萊塢的大明星一般，所以他擊敗了老牌政治家對手尼克森（Richard Nixon）。甘迺迪曾提出「不要問國家能為你做什麼，要問你能為國家做什麼」（Ask not what your country can do for you - ask what you can do for your country.）的口號，使美國民心大為激昂，這幾十年來，他一直是美國人心目中的偉大領袖。

英俊、高大的雷根（Ronald Reagan）競選總統時的對手是孟岱爾（Walter Mondale），演員出身的雷根無論是演講、外表的服飾、微笑、舉手投足之間都具有一流的演技，表現出他的領袖形象而榮獲總統之職，並且贏得美國有史以來最壓倒性的勝利。

還有美國前總統柯林頓（Bill Clinton），他是美國的一位非常成功的政治人物，不僅是一表人才，他的演與說俱佳，每當柯林頓在電視上向全民演說後，民意調查指數立即上升。他在八年的任期內，雖然鬧出了不少的醜聞（scandal），但每次卻都能

安然過關，美國的人民肯原諒他的所做所為，由此可見柯林頓確實有他特殊的個人形象與個人魅力（personal charisma）。

世上許多成功的人，他們都很在乎自己的形象。有些人一生不能達到成功的目標，或許就是因為不具有形象的魅力（charisma）。人的外在形象，主要在於他的穿著、言行談吐、舉止學養，以及由內而外的親和力和智慧所表現出的個人特質。

在美國許多成功的人物、傑出的政治家都明白個人形象的重大影響，他們幕後都雇用各類的專業人員，為他們精心設計出一個能表現自己最佳形象的模式，營造、散發出屬於自己獨特的風格與魅力。

在美國的一次形象設計的調查中，75%的人都還是會根據外表穿著來判斷一個人的社會地位，由此可見，人的形象確是非常重要（Personal image is very important.）。好的形象也正是一個人邁向成功道路上的有利資源。

某日，一位老中男同事穿了一件色彩鮮艷的外套，他得意地說，這是他在美國買的第一件衣服，一位老美男同事立即說道，這式樣是八〇年代最流行的款式（意思就是早已過時了）。辦公室的一位單身老美男同事 Allen 在酒吧兼職數晚，偶爾他喝多了就乾脆睡自己的車上，等次日清晨就直接來上班。一天，另一位與他座位臨近的老美女同事告訴我說，Allen 昨晚

又喝醉了。我十分不解地問道，妳怎麼會知道呢？老美女同事一副胸有成竹地說，妳看 Allen 都還穿著昨天的衣服來上班，他根本就沒回家換衣服嘛！原來如此，老美對衣著還很注意呢！所以可別輕易讓老美認為你是一個土包子（bumpkin）或是醉鬼（drunk）啊！

俗語說：「人要衣裝，佛要金裝。」美國人也說：「衣服造就人（Clothes make the man.）。」不少居住在美國的老中非常不重視自己的穿著打扮和形象，雖說節約是一種美德，但有些中國人，精打細算地過日子，已到不近情理的吝嗇地步。例如有些人一年四季穿著幾乎相同的服裝，衣褲不是過長就是太短，身穿不合身或不合時宜的服裝；有些老中為了省錢，頭髮由自家人修剪，他們情願每天頂著一頭讓人看著好笑又奇怪的髮型來上班，老美嘴上是不會說什麼，而心裡多少總有些看不起，像這樣無法讓人敬重的人又怎能有機會做到部門的主管呢？

一個人外在形象應該與他的職業相匹配的，無論做什麼就要像什麼。若是當一個搖滾的歌星，就是奇裝異服的打扮，愈怪異出眾愈能吸引人，讓歌迷們為之瘋狂吶喊；而一般人就不能過分時髦而走上另類、怪異之行徑，但也不能太落伍完全跟不上時代的腳步，讓人當成笑柄。美國一所小學的老師就因服

裝太過時髦而受到學校與家長的批評，為人師表，解惑授業，要做學生的好榜樣，更應注意自己的言行與儀表，保持一個莊重穩定的老師形象，這樣才能受到學生及家長、同仁的尊重。

我們常聽人說，做什麼就要像什麼，待人處事皆能恰如其分，才不會有過之或不及的問題產生，生活上要懂得量入為出，穿衣服則要適當合宜。然而時下有一些愛慕虛榮心的年輕人為了追求時髦買各種名牌服飾，從頭到腳無一不是名牌，由於濫刷信用卡而負債累累，許多人最後竟淪為「卡奴」（那些因過度消費收入不抵支出而債台高築，最後陷入以卡養卡的惡性循環的人）。

現在美國許多年輕的電腦族新貴，他們的穿著都很隨意，喜歡休閒的（casual），不正式的（informal）服飾，特別是美國的世界首富比爾蓋茲（Bill Gates）不喜歡穿正式的（formal）服飾，這又是另一股的新思想潮流。而美國東部大城市，如紐約的人就比美國西部的人講究服飾穿著。

《關於穿著的用語》

Do I need to dress up? 我需要盛裝嗎？

It's a black tie party. 這是一個正式盛裝出席的宴會。

I love your outfit. 我喜歡你的穿著。

You are very stylish. 妳非常時髦。

This is not fair!
這是不公平的

　　美國著名美豔影星安潔麗娜裘莉（Angelina Jolie）是一位十分有愛心的人，根據有關報導，她把個人收入的三分之一用來救苦濟貧，她還收養了兩個小孩，一個來自東南亞的孩子，一個來自非洲，這兩個原本出生於窮鄉僻壤的孩子，如今卻是那麼的幸運，他們的一生也因此完全改寫。

　　因為美國是以基督教立國，老美的博愛精神與觀念，使他們願意去幫助一個陌生人或是領養別人的孩子，而我們老中的家族觀念較重，對自己的家人很好，認為自己生的孩子才是寶貝。「老吾老以及人之老，幼吾幼以及人之幼。」這句話只是一個理想而已，要在生活中落實卻是不易。

　　在美國流行孩子們在周末或假期到別的小孩家去過夜，叫做 slumber party。記得兒子小的時候，偶爾也會允許他到朋友家去住，小女就認為很不公平，為什麼她就沒有這種權利，我說，因為妳是女孩子，而且是一個漂亮的女孩，所以父母不放心。我們只答應讓女兒的朋友來我們家住，至少我

們是負責任的父母親。美國人的家庭比較複雜，觀念開放，有些不負責任的父母並未做到監督孩子的責任，讓孩子自己在家，因而發生一些喝酒吸毒、性侵害等的傷害事件，老中父母對此必須嚴加注意防範才是。

在過去農業社會的大家庭裡，孩子對父母親所做的任何決定或選擇都很少有自己的意見，如今時代改變了，現在的孩子自主性很強，他們要表達自己的感覺和想法（They want to express their feelings and thoughts.），自然也較喜歡爭強好勝，做父母的時常可以聽到孩子大呼小叫道：「這是不公平的（This is not fair!）！」

美國女作家海倫凱勒（Helen Keller），她幼年時大病一場後變成一個既盲又聾啞的「殘廢」，但海倫凱勒很幸運能遇上一位很傑出的女教師蘇利文小姐（Miss Sullivan），在這位有愛心和耐心的教師啟蒙、幫助之下，使海倫凱勒成為美國著名的偉大作家。

Kyle Maynard 是一位生下來四肢就殘缺的美國人，由於父母親對他的支持和鼓勵，他竟能完全獨立生活如正常人一般，上學念書，參加各項體能活動，還可以進入摔跤競賽。一個人的內在潛力往往是很驚人的，Kyle Maynard 的努力不懈，發揮一己之長，找到生命中的意義，他寫了一本書，立

即成為暢銷書籍,書名為《沒有藉口》(*No Excuses*),如果他能做到,任何人都可以做到。他若是心中覺得不平,就會產生忿忿不平的心態,或自艾自怨(self-pity)而失去奮鬥的精神,但他卻選擇去面對這些天生不公平的挑戰,他利用自身所有,盡了最大的努力(He did the very best he can with what he has.),同時也激發出他生命中最大的潛能。

曾任美國總統的艾森豪在少年時代與家人打牌,有次他運氣不好,拿不到好牌而抱怨連連。最後艾森豪的母親告誡他說:「人生就和打牌一樣,發牌的是上帝,不管你手中的牌是好是壞,能把手中的一副壞牌打好,才是成功。」艾森豪此後銘記母親告誡,在他的一生創下了豐功偉業。

美電視脫口秀名主持人歐普拉訪問這位四肢不全卻殘而不廢的作者 Kyle Maynard。
(攝自 *The Oprah Winfrey Show* 電視畫面)

　　美國首富比爾蓋茲應邀在某大學畢業典禮的演講中，對畢業生提出十一項極為睿智的人生建議與畢業同學共勉之，而第一條就是：人生是不公平的，習慣接受吧（Rule 1: Life is not fair - get used to it.）。

　　的確世上不公平的事情無所不在，每天我們都可以在報紙、電視上看到、聽到許多不幸事件發生，例如天災人禍、戰爭、飢餓、搶劫、兇殺等等，令我們感到憤慨不平。然而這許多不公平的事情不會因此而絕跡，世上不公平的事情太多了，人生際遇的不同，有些人出生於富豪之家，一生不愁吃喝，有些人生在貧窮戰亂的地區，三餐無以為繼，這世界本來就不公平的啊！所以不管怎樣，生活擺在我們面前，不管有多少艱難困苦，我都要坦然面對，接受我們無法改變的事情（Accept the things we can't change.）。

On Time
守時

　　我們與人約會，一定要遵守時間，否則容易失去人家的尊重與信任。有一些人已習慣成自然，每次赴約一定遲到。許多華人缺少守時的觀念與習慣，還有一些人自認是高人一等，總是姍姍來遲，或故意擺架子，如此才顯出有派頭的模樣。

　　在美國生活，無論是看醫生、見律師、買保險、修車，連家中修理水管、暖氣、冰箱等大小事都要打電話預先約定時間（make an appointment in advance），否則根本就不受理會的。快節奏的美國社會，時間就是金錢（Time is money.）。美國人十分重視守時，他們會認為一個連時間都控制不好的人，又如何有好的工作效率，這是一種不負責任的行為，遲到就是表示你沒有掌控時間的能力（Being late means you lack the ability to manage time.）。沒有人會尊重一個沒有時間觀念的人（No one will respect a person who has no conception of time.）。

　　美國前總統柯林頓開會遲到就被報紙公開嚴厲指責，連時

間都掌握不好的人又如何能掌管國家大事（If you can't manage your own time, how can you manage the affairs of state?）？嚇得克林頓都要小心避免遲到，否則會遭輿論批評。然而由於總統的公務繁忙，過不多久他又遲到了，當然又再度被輿論攻擊，「瞧這傢伙，他又遲到了。」（Look at This Guy - Late Again！）由此可見老美對守時的重視。

在美國與朋友相約一定要準時（be punctual），朋友只會等二十分鐘就離開了。與醫生、律師、經紀人等有約若遲到十五或二十分鐘，預約就會被取消。特別是求職的工作面試，絕對不可以遲到，否則就如同自動放棄權益，老美認為連這麼重要的事都會遲到，其他的事就甭談了。還有些公司有明文嚴格規定上班遲到超過數次就要被開除。

中國人說八點開會，八點之後，到達會場的人寥寥無幾，接著人才一個一個若無其事地緩緩步入會場。人若尚存有農業社會的思想，就毫無時間觀念，完全不會在乎浪費別人的時間。而在美國說八點開會，就是準時八點正式開會，大家都會提早五或十分鐘到達會議場所，如此才能使會議準時在八點開始。時代不同了，生活在這分秒必爭的高科技時代，人人都各有忙碌的工作日程表，精確掌控時間是很重要的。

有些人總愛找各種冠冕堂皇的藉口來遮掩，如迷路、塞車

等作為遲到的藉口，其實無論任何藉口都不能改變遲到的事實，遲到根本就是一種散漫、不負責的錯誤行為。守時是表示尊重他人，也是尊重自己的一種良好行為，做一個現代人一定要有守時的基本觀念與良好習慣。

《關於時間的例句》

Kill time. 殺時間。

Time flies. 時間飛逝而過。

Time heals. 時間能療傷。

Time is money. 時間就是金錢。

Time is the best teacher. 時間是最佳良師。

Wasted time means wasted lives. 浪費時間即浪費生命。

卷貳

中美大不同

Education
教育

　　有人說：「美國是孩子的天堂。」因為美國人主張以「愛的教育」來教導兒童，在美國，孩童是備受社會與國家的重視與保護，父母若對兒女有不當之體罰行為，他們定會遭到鄰人、學校師生，甚至是陌生人的檢舉或指控。

　　多年前，曾在報上讀到一則新聞，來美不久的一對中國年輕夫妻，育有年僅數月的女嬰，被人檢舉有虐待幼兒之嫌，這對年輕夫婦在法庭辯解道：「因幫女兒洗澡時不慎在澡缸中滑倒而受傷。」這位法官根本不相信他們（The judge did not believe them at all.）。宣判結果，嬰兒的父母被判有罪，而且須將女嬰送交他人扶養監管，這一對被告的年輕夫婦心中氣憤不平，但在法庭的裁定之後，他們也束手無策（After the court decision, they can do nothing.）。

　　某日，女友帶著三歲多的兒子到超市買菜，等買好菜排隊結帳時，兒子卻吵鬧著非要買糖果，而且還賴在地上不肯走，女友氣憤之下就打了孩子一下，他竟大聲地胡亂吼叫，

旁人見狀，立即上前阻止，而且宣稱要報警。女友知道若真叫警察來，麻煩可大了，為息事寧人，只好暫時妥協，買了糖果給兒子吃。

我們中國人認為孩子是我生養的，連管教自己孩子的權利都沒有嗎？這些老美管閒事竟管到別人家來了，他們未免管得太多了吧！這話說得一點也沒錯，老美自認為是愛管閒事的盡職好公民，有些不法之徒也正因有這些好事之人的檢舉，才能被繩之以法。美國連最高階層的一國元首也不例外，他不也常喜歡管管其他國家的閒事嗎？

美國許多心理諮詢專家都主張孩子應在愛的環境下成長，不僅是家中父母，也包括學校老師都不可體罰孩童，但由於過度的愛護與縱容反造就出一些無禮任性、妄自尊大、自私自利、不負責任的兒童、青少年與成年人。美國許多的兒童頑皮不馴，以至經常會發生各種意外受傷事件，而青少年更是膽大妄為，無照或酒醉駕車，釀成不少車禍事件，還有持槍殺人以及校園槍擊事件等嚴重問題層出不窮，更造成了許多家庭的悲劇和社會問題。這些都已嚴重地顯示出美國家庭教育及學校教育的失敗，這豈不都是因愛之而足以害之嗎？

人是一種習慣性的動物，許多習慣自幼養成，而家庭是一個人最早的學習團體，幼兒的可塑性很大，家庭教育對孩子

83

未來的人格素養與人生價值觀都有巨大深遠的影響，若養出不肖之子，父母亦難辭其咎。所謂「驕子不孝」、「棒子底下出孝子」，雖說這些中國舊式的落伍觀念，如今已不足採取，但的確也有幾分智慧在其中。

這是一個混亂不安的年代，現今的年輕人只想到自己，卻不顧他人的生存權益，他們竟高喊，「只要我喜歡有什麼不可以。」這根本是一種自私自利、不負責任的行為。許多中國家庭的孩子自幼就在父母的細心呵護下長大，孩子猶如溫室裡的花朵，禁不起外面的風吹雨打，有些孩子雖已大學畢業，他們的心智卻極不成熟，根本無法獨當一面。有人說現在的孩子是IQ很高而EQ不足，有知識（knowledge）卻沒常識（common sense）。也有一些在學業上有優異成績表現，或獲有碩士、博士的高學位者，他們在待人接物與處理自己的生活與感情上的表現卻是個低能兒。

我們中國父母都有為下一代犧牲的精神，寧可自己縮衣節食也不能苦了孩子，在農業時代的民風和社會，單純樸實，孩子多少還懂得回饋父母，所以養兒尚可防老。如今快速轉變與混亂不安的工業社會，人的思想與價值觀顛倒錯亂，若父母仍然有舊時代的觀念反會造成孩子的依賴性，養成孩子飯來張口、錢來伸手，不勞而獲的取巧心態，這種孩子根本

不懂父母的一番苦心，有的孩子竟已被驕縱到因要不到錢而威脅、甚至毆打父母，做父母的真是情何以堪。

古人說，「玉不琢不成器，人不學不知義。」「養不教父之過，教不嚴師之惰。」這些我們老祖宗留下的寶貴智慧結晶，歷久彌新，足以作為我們教育兒女的規範與準則。人的一生不可能永遠一帆風順，父母若真的愛孩子就要幫助他們成長，給予他們在挫折中學習和鍛鍊的機會，讓孩子的身心隨著歲月的增長更加堅強茁壯。

美國的文化僅只短短的兩百多年，有些教育方式他們自己都還在摸索中學習，美國學者專家們的理論確有其可取之處，但也是因人而異，絕不可照單全收或奉為聖旨；而我們中國五千年古老文化能流傳至今，必定亦有其優越性與獨到之處，我們若能截取中西文化的優點來教育子女，如此定可培育出優秀傑出的下一代。

《與教育有關的智慧之語》

It takes a whole village to educate a child. （Nigerian Proverb）
教育一個孩子是全村的事情。（奈及利亞諺語）
Real education consists in drawing the best out of yourself.
（Mohandas K. Gandhi）
真正的教育是發揮出你內在的潛能。（印度聖雄甘地）

Education is not a preparation for life；Education is life itself.
（John Dewey）
教育不是為人生做準備；教育就是實際的生活。（約翰杜威）

Give me a hug.
給我一個擁抱

　　記得小女六歲時，每天清晨上班前，我總是先把她送交附近的一位美國太太照顧，由她負責送小女和她的女兒 Amy 一起到巷口搭乘校車上學。一日，女兒出門前突然轉身問我，為什麼 Amy 在上學出門時，她的媽媽都會給她一個擁抱，而且還要在她臉頰上親一下說：「親愛的，我愛你。」（Darling, I love you.）我確實有些驚訝小女會問我這樣的問題，心想我何不依樣畫葫蘆，就蹲下來，模仿美國媽媽給小女一個擁抱，同時親吻她一下說，「親愛的，我愛妳。」女兒這下可高興得笑瞇了眼，自此以後，每天我們母女之間就多了一項西式親吻擁抱的禮儀。

　　也許剛開始是應女兒之要求，而我也好像是例行公事地應付而已，但練習久了就習慣成自然。而且慢慢地我發現與女兒擁抱的感覺很好，彼此相擁在一起，這種身體的接觸是一種最佳的感情交流與互動，讓我們母女的身心都十分溫暖愉悅。我一直非常慶幸是女兒及早就讓我學會了擁抱的禮儀，

在美國生活、工作的幾十年裡，在結交老美朋友時，能夠適時善用這個擁抱的禮儀，的確可以增進同事間相處的和諧氣氛與好感，在人際關係上確實是有些幫助。

即使在美國居住已久的一些老中，有人直到現在都還不大習慣去擁抱別人，擁抱是美國文化的一部分（Hugging is a part of the American culture.）。許多老中還是比較欣賞咱們中國人的含蓄與保守，而習慣於握手或打躬作揖的見面禮儀，這是因中美文化差異使然。

在美國並不只限於逢年過節應景的擁抱，有許多的活動、交誼場合，如迎新送舊、升官加級、結婚、生日的各種慶祝活動，都免不了有彼此相互擁抱的禮儀。然而我們上一代的中國父母與子女之間幾乎沒有這種擁抱的習慣，所以從未習慣與人擁抱的老中若是一下被老美擁抱時，頓時會手足無措，不知如何是好。

曾在一個生日會上，筆者目睹一位壽星洋女士正逐一與在場的人擁抱，感謝大家的光臨，輪到這位老中男士時，他竟然把身子直往後移，拒絕與女壽星擁抱，幸好這位女士表現得大方、機警，她立即改以握手（shake hands）的方式表達謝意。其實為何不入境隨俗，學習擁抱的禮儀，偶爾客套一下去擁抱別人，也勝於面對一個手足無措的尷尬場面。

Give me a hug.
給我一個擁抱

據心理專家們的報導，凡是自幼經常能得到父母擁抱和親吻的小孩與較少得到這種關愛的同齡孩子，前者的性情較為活潑、快樂些，甚至還會延續影響到他們成年之後人際關係的好壞和婚姻上的長久與幸福。

在美國教育孩子的確是一件不易之事，中國父母當然不希望自己的孩子完全西化，但又希望孩子長大後要融入美國主流社會（the mainstream of American society），既然如此，父母也不能讓孩子太過中國化，如何才能夠教育出一個中西文化兼備的優秀下一代？這的確是一項重大的挑戰。

《實用例句》

Give me a break. 饒了我。

Give me a call. 打電話給我。

Give me a kiss. 親我一下。

Give me a chance. 給我一個機會。

Give me a hand, please. 請幫我忙。

Give me a hint. 給我一個暗示。

Give me a minute. 給我一分鐘。

Give me more. 給我多一點。

Give me the money. 把錢給我。

88

No pain, no gain.
天下無不勞而獲

孩子自幼我就開始訓練他們要養成勤勞的好習慣，偶爾他們也有偷懶的時候，我就會在旁加以鞭策說，人生是艱苦的（Life is tough.）。或者說，人生是不是一座玫瑰花園（Life is not a rose garden.）。這兩句話早已深印在孩子的腦海中。

筆者提早退休後，多次到加州孩子家小住，兒子總會把我車的油箱加滿。有一次兒子忘了加油，正急忙要去加油站幫我的車加油，女兒在旁則說，自己開的車應該自己負責加油，我正想張口說話，女兒卻故意誇張地模仿著我慣用的口氣說：「Life is tough.」她現在也要訓練我，不可偷懶，讓我的手腳勤快點，免得我會老化得太快。

人性本是好逸惡勞的。苦，是一種對身心上的磨鍊。現在的孩子吃不了苦，是因為父母的驕縱寵愛，不捨得讓孩子吃苦受累。一位事業有成的友人對孩子十分縱容（spoil），盡量滿足孩子的需求，十八歲就給孩子買最新跑車，他自己是一位白手起家的富商，一生中吃了太多的苦頭，以為如此做是愛

護孩子，難怪俗話說，富不過三代。

　　任何人的一生不可能永遠都是走平坦的康莊大道，總會遇到崎嶇難行的小路，從小要讓孩子領悟到生活中的苦，人要趁年輕時越早接受磨練越好，要能刻苦耐勞，需要親身去體驗，未經歷過生活艱苦考驗的年輕人很容易摔倒，不堪一擊的。古人亦云，「吃得苦中苦，方為人上人。」一個人唯有通過苦的試鍊，對生命才能有全新的深刻體悟。經歷過風雨洗滌淨化後的人生，生命才會展現出色彩繽紛的美麗彩虹。天下無不勞而獲的事（No pain, no gain.）。

　　台諺說，「做牛就要拖，做人就要磨」、「早臨逆境總是福」，磨練多了自然就會培養出吃苦耐勞、堅苦卓越的偉大心性。在美生活的初期，每當在工作或生活遇有難處時，我經常以孟子的格言，「天將降大任於斯人也，必先苦其心志，勞其筋骨，餓其體膚，空乏其身，行拂亂其所為，所以動心忍性，增益其所不能。」自我激勵一番，幾十年的異國生涯是艱辛漫長的，成長是必須付出代價的（There is a price to pay for being grown-up.）。

　　回想當年移民來美之初，不知異國他鄉生活的艱難，畢竟年輕就是膽。朋友笑說如果人生能再重新來過一次，我們是否都會選擇不同的生活方式？只可惜人生不能再回頭，因為

時光無法倒流（You can't turn the clock back.）。的確在美居住的幾十年，偶爾會捫心自問，當初若不到美國來是否就可以少吃許多不必要的苦頭呢？尤其是看到過去不如自己的朋友們如今都已能迎頭趕上，他們退休之後再移民來美，從此過著無憂無慮的退休生活。

剛到美國時還是一個二十多歲的年輕人，置身於中美截然不同的地域、人文環境中自然會有一種新鮮感，對未來也充滿了希望與憧憬，心想只要一個人肯努力上進，一定會有所發展，所以每天的日子過得充實而有活力。

然而現實的生活完全不如想像中的那麼單純、平順。畢竟耳聞不如親身經歷，一段新奇感之後就必須面臨現實的美國生活，承受生活中各種不同的精神壓力、經濟壓力、工作壓力和社會壓力等。每個人的適應期與抗壓程度也是因人而異，對苦的定義也各有不同的詮釋。

然而，生命得失之間又要如何來劃分呢？世上許多事是相對的，凡事有得有失（You win some; you lose some.），有利就有弊，何況每一個人的命與運都不同，生命的過程與結果當然是全然不同的。每一個人只有努力過屬於自己的生活，不怨天尤人，其實在苦日子中也有甘甜的。

有許多老中在國內根本就沒有任何宗教信仰，但到美國之

後反自動接受了宗教的洗禮，而且非常虔誠。也許舒適的生活會讓人迷失方向，造成心靈的退化，當人在困境中，心靈飢渴需要慰藉時，宗教能滿足人心靈上的不足（Religion can satisfy the hungry soul.）。

　　由於東西文化背景的不同，有許多我們不易適應的人事物，都帶給我們許多煩惱與困擾，凡事不要只以自己國家的文化做比較，應自寬廣和不同的角度去考量，如此可以避免一些不愉快的爭執與尷尬場面。

這是西雅圖一個廢棄的瓦斯工廠，現已改為公園，夏日經常舉辦熱門音樂會。

You are right.
你是對的

胡適的〈夢與詩〉中的一句,「你不能做我的詩,正如我不能做你的夢。」因為你不是我,我也不是你。我們都無法深入瞭解另一個人的內心世界,若「自以為是」地硬把自己的觀念與想法強加於別人的身上,這難道就對嗎?更何況是完全不同的東西文化之間絕對有極大的差異。

每一個人都有自己慣性的思考模式與截然不同的人生見解,而且年紀愈大愈執著,總認為自己的想法和做法才是對的,錯是在別人(someone else's fault)。平日我們可以聽到長者訓誡年輕人說,「我走過的橋,比你走的路還多;我吃的鹽比你吃的飯還多。」時代不斷地在進步,人的思想也應隨著時間的移轉有所變通,更何況現代的年輕人亦有屬於他們自己新一代的思想與創見,也有值得讓人尊重與學習之處。

在這日新月異的高科技時代,年長之人的思想與見解未必能讓年輕人信服,甚至被譏諷成思想落伍的老頑固。美國的社會比較沒有敬老尊賢的這種觀念,他們認為老就是落伍,

沒有價值了，這是美國社會的一種悲哀現象，難怪有人說，美國是兒童的天堂，老人的地獄。許多美國的大企業機構喜愛聘用有創新、魄力與膽識的年輕人，特別是一些高科技的電腦公司，造就出許多的電腦新貴。

　　愈是強烈的主觀意識愈容易造成對人事物的成見或偏見。人的思想和觀念是最難被改變的，我們無法改變他人的想法，正如同他人也改變不了我們的想法，難怪俗話說「江山易改本性難移」。但如果一個人真的希望改變自己，依然是可藉由恆心、毅力與覺知去修正自己的思想和行為。

　　由於自幼的教育與文化使然，我們中國人習慣於是非、對錯的二元化的思考模式，如果我是對的，那麼你當然就是錯的。然而有些事物的界定不明確，有所謂的灰色地區（grey areas），尤其是生活在現今這種人際關係複雜、變化無窮的多元化社會，很多事是由許多錯綜糾合的因素組合而成。我們的思考必須具有彈性（be flexible），能自不同的角度（from a different point of view）去看事情，如此就不會太過主觀地堅持己見，造成一些人事上不必要的歧見與紛爭。

　　老美比較喜歡說一些正面性的讚賞與鼓勵的話，他們尊重自己，同樣也尊重別人。同時老美也較注重說話的技巧，在進退言談間，拿捏較為得體，老美很懂得適時對別人說，你

是對的，我同意你的意見（You are right, I agree with you.）。這是一句正面積極、肯定對方的話，我們每一個人都喜歡受到別人的稱讚和認可。

若是遇到雙方意見相左時，有教養的老美說話婉轉妥貼，措詞適當得體，他們會用比較間接的說話方式說，有這可能的（That's a possibility.），這是我個人的觀點（This is my point of view.），或是說，我不認為是如此（I don't think so.），而不會直接去批評指責別人的錯誤。一般的老美很少會直接對別人說，你錯了（You are wrong.）。明知是對方的錯，他們也會給對方留個面子，若對方自己承認錯了，老美還會說幾句安慰好聽的話，例如，沒有人是完人（Nobody is perfect.）。許多老中認為老美太虛偽做作了，但相形之下我們老中又太過道貌岸然了，不同的文化表現出全然不同的溝通、表達方式。

有些老中毫無一點應有的與人溝通的基本技巧，可能就會大剌剌地直說：你錯了！還刻意加強語氣或加上評語說，我敢保證絕對是你的錯，你根本是外行人。既不給人面子也不給人台階下，這種負面性的話語，最好不要說，一說出來反而會製造更多的問題與不愉快的場面。比如一位愛打高爾夫球的張先生，他正口沫橫飛地大談著高爾夫球比賽的勝利戰果，而李先生卻在一旁振振有辭，認為高爾夫球場是破壞環

保的罪魁禍首，真是哪壺不開提哪壺。

我們大家要懂得給予彼此雙方思想和輿論的空間，這也正是人與人之間相處的一種基本禮貌，彼此能夠相互尊重與妥協（compromise），如此才能在異中求同，取得一個共識（consensus）。

蘇聯解體後，這座雕像被運到西雅圖準備拍賣，但似乎乏人問津。

Sense of Humor
幽默感

　　有些老美喜歡別出心裁，以五顏六色的貼紙拼剪成的字句黏貼在自己汽車的車尾貼紙（bumper stickers），其中有屬於個人的宗教、信念、喜好或幽默字句，因而構成了一種特有的汽車文化。在長途駕駛（long distance drive）或遇交通堵塞（traffic jam），讀到一些黏貼於車尾的有趣字句也讓人會心地一笑，可暫且忘記眼前枯燥煩悶的等待。

　　2006年二月間，美國副總統狄可錢尼（Dick Cheney）打獵時誤傷友人，很快美國各大電視台的脫口秀紛紛以此事件來大作文章，把它當成茶餘飯後挖苦的最佳話題，還有黏貼於車尾的笑話字句：我寧可與錢尼去打獵也不坐泰德甘迺迪的車（I'D RATHER HUNT WITH DICK CHENEY THAN RIDE WITH TED KENNEDY）。因為若與錢尼打獵僅只會受傷而已，而乘坐泰德甘迺迪的車可就要被開到湖裡送了命。許多人說，當年與泰德甘迺迪最親近的女秘書就是如此被解決掉的。所以有人笑說，當年鬧醜聞的柯林頓若能及時打一通電話給泰德甘迺迪，

請他把盧文斯基小姐給送回家，肯定萬事都會 **OK** 了。

曾讀到一則笑話，有一個日本團體被派到美國受訓，一位老美講師給他們上課，老美習慣一面講課，一面問：有沒有任何問題要提出？結果一直沒有人有問題。最後上完課，老美又再問有沒有任何問題時，終於有人舉手發言說：我們一點也沒聽懂，請你重頭再講一遍。這位老美講師誤以為是句玩笑話，他竟誇讚說，日本人真有幽默感（Japanese do have sense of humor）。

在美國，無論是公共場所或辦公室很少看到老美大聲爭吵，而大打出手的場面更是難得一見。美國人天生具有一種特有的幽默與風趣，美國各大報紙幾乎都專門有笑話的版面（comic section），電視上的說笑節目也是大多數老美日常生活中不可或缺的娛樂，上自總統下至販夫走卒都以說話能具有幽默感而自豪。老美認為幽默已成為他們美國文化傳統的一部分。

人與人之間的相處不易，有時難免會發生一些爭論（debate）、紛爭（dispute）、彼此你來我往的尖刻話語，互相僵持不肯退讓，因而造成一個十分尷尬難堪，甚至火爆的場面，如何化解這場不愉快的局面，此刻就需要有急智的幽默感。幽默感有助於人際關係（A sense of humor helps in dealing with people.），可使大事化小，小事化無，避免了一場無謂的紛爭。

　　一位十分幽默的老美友人曾說，他在念中學時，有一個人高馬大的壞學生在校內最喜歡欺侮同學，唯獨他一個人不會遭到欺負。原因是他說話十分幽默風趣，經常喜歡在同學之間製造歡笑，讓周圍的同學都感到輕鬆愉快，而他的幽默也常會讓這個愛欺侮人的壞同學發笑，因而贏得他的好感與友誼。據專家的調查，懂得幽默的孩子往往會較活潑聰明，學習吸收課業的能力也強，可以較輕鬆地完成學業，甚至會有更好的創業機會，而擁有一個積極快樂的愉悅人生。

　　每個人都喜歡有幽默感的人（Everyone likes a person who has a sense of humor.），任何時候有這種人在場都會讓大家笑逐顏開。

酒吧是一些老美常去的交際場所，內設有電視或卡拉OK。

尤其是老美的政治人物與商界領袖,他們常會成為社會大眾開玩笑的對象,有幽默能力的領袖不僅能接受玩笑,而且還能以幽默話語回報之,同時他們更能善用幽默感來解危或是達成預期的某種目的。藉由幽默感而達到四兩撥千金的功效,甚至能化干戈為玉帛。

The 5 Point Cafe & Bar 是西雅圖市區內一家24小時營業的餐飲與酒吧店,生意興隆,此店經常更換、張貼一些十分幽默有趣的廣告詞句。

窗上有趣的廣告詞:「自1929年我們就欺騙觀光客與醉漢」。

　　醫學界也證明幽默感對人的身心都是有益的，可以加速病人的身體康復，許多醫院供應「幽默手推車」，車內裝滿了好笑的雜誌、錄影帶、笑話書、相片和其他具娛樂性的物品給病人使用（Many hospitals provide "humor carts" full of funny magazines, videos, joke books, photographs, toys, and other entertaining material for use by patients.）。

　　我們老中個性比較拘謹嚴肅，認為君子不重則不威，不過現在的領導人物也講求具有親和力、幽默感，可以輕鬆一下緊張的心情，也受到人民群眾的敬重與歡迎。一個有自信心的人才勇於自我解嘲，拿自己來做笑料，讓別人哈哈大笑；千萬不要拿別人當笑柄，容易傷害到他人的自尊，調侃自己是最安全，也最受人歡迎的。

　　有的人讀了一籮筐的笑話書，卻連一個笑話都不會說，或者有的人還沒把笑話說完全，自己卻已先笑得人仰馬翻，結果情況變成是，講笑話的人笑得比他們的聽眾還多（Speakers laugh more than their audiences do.）。這哪是講笑話，簡直是讓人在看他的笑話吧！會說笑話的人，他的一句妙語，可讓滿室生春，幽默不僅可以增強人的自信心，同時亦能獲得別人的喜歡和信任。儘管幽默的力量很重要，但它並非生活的全部，要懂得選擇適當的時刻去運用它，定能使別人對你建立良好

的印象，否則運用不當弄巧成拙，反給他人留下不良的印象。玩笑要拿捏得恰當，確實需要適當的語言技巧與高度的智慧。

在眾人聚會的場合，若某人正在說一個你已知道的笑話時，千萬不要當面去拆穿說，這個笑話我已經聽過了。如此一說，會讓說笑話的人感到不悅，最好能保持沉默，讓說笑話和聽笑話的人都能哈哈一笑。

幽默是可以學習的，平日多看一些有趣的電視笑話節目或笑話書籍；觀察學習別人如何在生活中靈活運用幽默的技巧；書籍雜誌中有趣的笑話文章，可以把它牢記在心或是用筆寫下來（write it down），在適當場合可以運用出來，有一天，你也能夠成為一個具有高度幽默感的人。

INK

姓名： 性別：□男 □女

郵遞區號：

地址：

電話：(日) (夜)

傳真：

e-mail：

讀者服務部
印刻出版有限公司 收
台北縣中和市中正路800號13樓之23
235-62

讀 者 服 務 卡

您買的書是：_____

生日：_____年_____月_____日

學歷：□國中　　□高中　　□大專　　□研究所（含以上）

職業：□軍　　　□公　　　□教育　　□商　　　□農

　　　□服務業　□自由業　□學生　　□家管

　　　□製造業　□銷售員　□資訊業　□大眾傳播

　　　□醫藥業　□交通業　□貿易業　□其他_____

購買的日期：_____年_____月_____日

購書地點：□書店 □書展 □書報攤 □郵購 □直銷 □贈閱 □其他

您從那裡得知本書：□書店　□報紙　□雜誌　□網路　□親友介紹

　　　　　　　　　□DM傳單　□廣播　□電視　□其他

您對本書的評價：(請填代號 1.非常滿意 2.滿意 3.普通 4.不滿意 5.非常不滿意)

　　　　　　　內容_____ 封面設計_____ 版面設計_____

讀完本書後您覺得：

1.□非常喜歡 2.□喜歡 3.□普通 4.□不喜歡 5.□非常不喜歡

您對於本書建議：

感謝您的惠顧，為了提供更好的服務，請填妥各欄資料，將讀者服務卡直接寄回或傳真本社，我們將隨時提供最新的出版、活動等相關訊息。

讀者服務專線：(02) 2228-1626　讀者傳真專線：(02) 2228-1598

A leopard cannot change its spots.

江山易改，本性難移

　　曾讀到一則五十步笑百步的笑話，一位乘坐公車上班族的中年男士，他對前座的另一位男士抱怨說，幾年來，你一直坐在這同樣的座位，而且總是手持一份早報在讀體育版，我真受不了像你這麼無趣的一個人（I really can't stand a boring person like you.）。那人訝異地回頭問道，你怎麼會知道我那麼清楚？中年男士說，我知道，因為我總是正好坐在你後面（I know because I always sit right behind you.）。

　　辦公室一位曾與我座位鄰近的老美同事，他每天的早餐，固定是一杯咖啡和一個奶油甜甜圈。說實在地，我真想告訴他，你每天都吃同樣的早餐，我連看都看膩了。總算我忍住了沒說出口，免得被人罵多管閒事。一日，這位男同事的早點換成了一個巧克力的甜甜圈，我忍不住好奇地問道，今天你怎麼會改吃巧克力的甜甜圈？他說，因為賣甜甜圈那家老店因生意不佳而關門大吉了。我藉機揶揄他，現在像你這麼忠實的老顧客已愈來愈少，他們當然只好關門了。我建議這位男

A leopard cannot change its spots.
江山易改，本性難移

同事再去尋找一家有賣奶油甜甜圈的店，他幽默地回答說，算了！這家店已被我吃垮了，可不能再把另一家也吃垮了。

每個人都有自己的性格，性格是一個人的先天稟賦和後天成長與學習的環境影響所造成，在長期潛移默化中所形成的一種慣性的做人處事的態度與方法。性格之定型和持久性影響一個人的命運，所以有人說，人的性格決定了命運。人性格的形成，自幼的影響最大，自幼長年累月發展出的性格是難以一時被改變的，一個人除非歷經生命的重大衝擊與磨難，在痛定思痛後才會大徹大悟，願意去改變自己。即使改變後，還需經常不斷地深思反省和自我提醒，才能真正地脫胎換骨，成為一個更完善的人。俄國作家列夫托爾斯泰（Leo Tolstoy）曾說，人人都想改變這個世界，卻沒有人想到改變他自己（Everyone thinks of changing the world, but no one thinks of changing himself.）。

人是一種習慣性的動物（Men are creatures of habit.），基本上來說，人是不喜歡去改變的，連改變一個小小的習慣都不容易，更遑論是其他重大的改變了，所以要去改變別人是一件非常困難的事。難怪俗話說，「江山易改，本性難移。」（A leopard cannot change its spots.）由此可見改變之困難。人總是執著於自己熟悉的經驗，害怕去接受任何自己不熟悉的事物，但

是一個人真的有心去改變還是可以做到的，特別是遇到生活上的難處或考驗時，有自覺性的人會知道，是該改變的時候了（It's time for a change.）。而改變需要很大的勇氣、決心與毅力，由於舊有的慣性模式已根深蒂固，如同百年的參天大樹，根已深入土壤中，若要連根拔起將是一件很痛苦的事。所以最好不要去要求別人改變，改變你自己（Change yourself!）。改變你自己比嘗試去改變他人要有效些（Changing yourself works better than trying to change others.）。

生活中的任何改變都可能帶給我們壓力或痛苦，但人的一生是無法逃避改變，特別是一些重大的改變，例如遷徙、結婚生子、失業、生病、親人的離去或生活上的其他難處，無論這些變動我們是否願意，都必須去面對，去適應。年齡無論多大，都要讓自己的心永遠年輕，要有學習與改變的意願，生命的品質（the quality of life）自會提高，生活的內容自會豐盈。

我們常會聽到有人說，我就是這個樣子改變不了的（I am the way I am and I can't change.）。人生若是永遠地一成不變，就會如同不流動的死水腐臭敗壞；思想頑固不化，僵化的頭腦就會提早老化報廢。頭腦要像電腦的軟體，經常保持最新的版本，不斷用心學習，修正自己，並以「天行健，君子以自強

不息」來自我勉勵，相信一個人改變後，必定更見精神、益
顯光華。

位於西雅圖城中心的哥倫比亞大樓是美西海岸最高的一棟大樓。

Do you have some change?
你有零錢嗎？

　　無論到美國任何一家商店去購物，顧客若是付現金，店員找錢總是倒過來數算的。比如說，購物的價格再加上稅金，一共是十六元五角八分，顧客拿出一張二十元的紙鈔，店員收下後，會當著顧客的面，把四角兩分的銅板先找給顧客，嘴裡念著十七元，然後再數給顧客一張一元的紙鈔，口裡繼續念著十八元，如此重複動作，口裡念著十九元，最後數到二十元為止。

　　我們中國人不習慣這種一邊數算一邊念出聲的找錢方式，以我們老中的找錢方式，用心算就成了，連小學生都會的簡單算數，二十元減去十六塊五角八分，還餘下三塊四角二分，這樣要比倒著數錢容易多了。但是老美的腦筋比不上我們老中靈活，他們非得要如此數算才能數得對。有的老美堅持在找錢時一定要當面倒著數錢，他才清楚明白，否則他認為你會找錯錢給他，有些老中則誤以為老美是故意找碴，殊不知這是他們自幼就被訓練出的一種找錢的習慣，我們也不

能怪老美的頭腦不夠聰明，何不入境隨俗呢？

　　老美的腦筋確實比不上老中的靈活，不僅是在找錢的小事上可以看出來，就是在用錢的邏輯與方法上與我們老中確實是大不相同，像是他們先花掉還沒賺到手的錢（They spend the money in advance.）、先享受後付款的消費觀念。老美喜歡以信用卡方式購物，等收到帳單後，有的人僅能支付信用卡公司規定的最低應繳額（minimum payment），結果必須支付很高的利息；而我們老中情願慢慢先把錢存夠了之後再去購物，不會笨到讓信用卡公司白吃利息。不過現在的年輕人無論中外都很注重享受了。

　　曾經讀到英文報上一則誇張而諷刺性的漫畫，一位年屆六十五歲，將要退休的老美，他預備在退休之前還清所有的欠款，他很自傲地說，我終於還清了最後一筆的學生貸款（Finally, I paid off my student loan.）。也曾讀到另一則中文笑話，諷刺一些有錢的老中生活得簡直像個窮人，不過死時卻很富裕。還有一個老掉牙的笑話，一對有錢的父子都是找同一家的理髮師父理髮，每次父親理好頭髮後，只給很少一點的小費，理髮師父很不滿意，一日終於忍不住對這位有錢人說，為什麼你總給我這麼少的小費？而你的兒子卻很大方，每次都給我很多小費。這位有錢的父親慢條斯理地回答說，我兒子有

一個富老爹而我卻沒有（My son has a rich dad but not me.）。

　　若能深思這些笑話中的一些人生哲理，我們就會明白為什麼老美和我們老中花錢的方法以及金錢觀完全不同，主要是因為不同的文化生活背景使然。我們很難說，孰是孰非？奢華浪費的生活方式雖不足效法，但過度節儉幾近刻薄的生活態度也不可取，我們應量入為出，採取中庸之道乃為上策。

　　記得一位老美男同事 Mark，他總喜歡隨身帶一張面額美金一千元的紙幣到辦公室，在大夥面前炫耀一番。有人說它是一張假鈔，Mark 則聲明是貨真價實的一張千元真鈔，還要跟那人打賭，但從未有人去打賭驗證這張千元大超的真假，直到 Mark 退休多年後，同事們偶爾還會津津樂道提起 Mark 的那張千元大鈔，依然有人在懷疑它的真偽。

　　在美國由於大面額的紙幣流通量很小，自1969年政府就停止發行大面額的紙鈔，所以現在世面上流通的最大面額的美元紙鈔是一百元。所有的美元紙鈔自面額一百元、五十元、二十元、十元、五元、兩元到一元的紙幣（bill），全部都是同樣大小的尺寸，不同金額的美金紙幣看來都非常類似，所以很容易混淆而給錯錢。美國的硬幣（coin）有二十五分錢（quarter），十分錢（dime），五分錢（nickel），最小的是一分錢（penny）。

　　一塊錢（one dollar）也可用 **one buck**，美國最有名的星巴克咖啡店 **Starbucks Coffee** 這個名字，意思是錢多如天上的星星，這麼好的名字，生意能不興隆嗎？看來老美也是相信姓名學的。

美國目前流通的紙鈔面額最大為一百元，其他還有五十元、二十元、十元、五元、兩元與一元。

美國政府自西元1969年就停止發行大面額的千元鈔。

美國百元鈔是最大面額的紙幣。

《生活中常使用的例句》

Keep the change! 不用找零錢了！

Do you have some change? 你有零錢嗎？

Do you have change for a twenty dollar bill？ 你有找開二十元的零錢嗎？

A penny saved is a penny earned. 省一分就賺一分。

Do you have confidence in yourself?

你對自己有信心嗎？

美國父母經常喜歡誇讚孩子，即使是一件微不足道的小事，父母也會當成大事來讚揚一番，若真是件大事，那更是要大加宣揚，讚不絕口。專家認為，當你的孩子表現得好，要用鼓勵的話恭賀他／她（When your child does well, congratulate him/her with words of encouragement.）。正因美國孩子自幼是在父母與老師鼓勵讚美下長大，在耳濡目染之下，老美習慣於經常誇獎別人，也喜歡接受別人的誇獎。有些老中就無法認同老美這種言不由衷的表達方式，老中會認為老美虛情假意、太過做作，與我們老中父母與師長的體罰、訓斥的教育方式全然不同。兩者相形之下，前者過之而後者卻不及。

老美誇獎孩子是希望藉此增強孩子的自信心（to boost a child's self-confidence），老美認為有自信心的孩子他們的學習能力會比較強。雖然一個人的自信心與天生的個性是有關係的，個性外向的人比內向的人較有自信心，但是後天的培養、訓練則更為重要。一個人的自信心會受到外界的影響，成功會

增強人的信心,相對地失敗會減低人的自信心。父母是孕育有自信心的孩子最重要的角色(Parents play a major role in raising self-confident children.)。

　　一位老美同事,她自幼是生長在一個不正常的家庭裡,她的父親曾是一個酒鬼(Her father was an alcoholic.),父親喝醉酒後就經常打她,因而造成她日後膽小怕事的個性,任何人欺負她,她總是敢怒不敢言。在美國是強者的天下,軟弱就是無能的表現,一定會遭人欺負的,這是很明顯不爭的事實,因此辦公室裡最麻煩、沒有人願意做的工作都會輪到她去做。偶爾她也會感到不滿,她卻不敢把不滿之情呈報給上司,她害怕會製造更多的麻煩,甚至丟了飯碗,只敢私下向人抱怨幾句而已。俗話說,人善被人欺,馬善被人騎。這應是人性的通病吧!在美國則更甚之。

　　另一位老美同事,她是辦公室裡沒人敢惹的人物,只要碰到一點不利於她的小事,她就會直嚷嚷不停,好像非要讓全世界都知道她受了天大的委曲,有時還鬧到白紙寫黑字,以書面申訴冤屈。她是最讓上司頭痛的人物,大家對她卻又無可奈何,上司為求自保對她也只好禮讓三分。會吵的孩子有糖吃(The squeaky wheel gets the grease.),由於老美的教育方式,自幼教導訓練兒童要勇於表達自己的意見,所以大多數的老美

都很喜歡說話，對任何事情都要表達一些個人的意見，不肯張口說話的人自然是比較吃虧的，所以在美國絕對不能相信「沉默是金」。

我們中國人比較懂得謙虛，但是在美國就不能夠表現得太謙虛，特別是在找工作的時候，總要懂得自我推銷（sell yourself），否則會讓老美誤認為是能力不夠或自信心不足，儘管自己是很有本事，卻不受僱主的賞識，一樣是找不到工作的。有些老中學有專長，獲得碩士或博士學位的頭銜，也會面臨失業或找不到工作的情形，這些多少是與個人的自信心有關。

記得剛來美時，常帶孩子到超市買菜，超市內附設有食品點心部門，店員小姐都會給孩童一塊免費的餅干（one free cookie），每次兒子總會到那去要兩塊免費的餅干，一塊是幫妹妹要的。有一次我要求女兒自己去要餅乾，她說不敢自己去要。我說如果妳自己不開口要那就沒得吃了，結果女兒情願不吃餅乾，還是不肯自己開口。同時我也一本正經地對兒子說，不可以什麼事都幫妹妹做，必須讓妹妹自己學著去做才行。自此以後帶孩子到超市買菜時，兒子就遵照我的意思，每次只要一塊餅干給自己吃。幾次之後，突然有一天，女兒自己一個人慢慢走到食品點心部門，開口向店員小姐要一塊

免費的餅干,我和兒子偷偷躲在一旁觀看,看到女兒滿臉開心的模樣,手裡拿著剛要到的一塊餅干,我們才歡呼地擁向女兒身邊,大大地讚美她的勇敢行為,女兒當時更是咯咯地笑得好開心。

兒子自幼聰慧、敏捷的外向個性,對任何事都是信心十足,他一直都是家裡的得力助手,好像世界上的事他全都知道,什麼事都難不倒他,「小事一件 (It's a piece of cake.)」一直是他的口頭禪。但對自己過度有信心的孩子,一樣也會讓人頭痛的。記得兒子念高中時,交了一位金髮碧眼的女朋友,女友邀請兒子星期日到她們的教堂去做禮拜,可以藉此機會介紹兒子給他的父母和家人認識。後來兒子回到家得意地告訴我,女友教堂的教友約一百多人,許多教友都一直在看著他,因為他是教堂裡唯一的東方人。我一聽之下,還真有些擔心,希望兒子未受到任何不平等的待遇。只聽他志得意滿地哈哈大笑說,被大家注目的感覺真好,那就表示我很出眾啊!我心想,難怪他要偷偷地穿了幾個耳洞,腦後又留著一撮髮尾巴,原來他是希望受人注目啊!我還揶揄兒子,乾脆你在鼻子上也穿個洞,套一條繩子,就像隻牛一樣,正好讓老媽拉著到處走!

女兒天生聰慧靈巧,卻因有一位精力充沛、能幹十足的哥

哥，在女兒的心目中，哥哥是個天才（genius），相形之下她有時會對自己沒有信心，總覺得自己不夠聰明，做得不夠好，所以她一直都非常努力用功來證明自己的能力。她的課業成績由初中到大學畢業都一直是保持第一名，偶爾我也會提醒她，不一定非要爭得第一，有時也應該把第一讓給別人了，但即使不是第一名，但也一定要對自己有信心。

《關於信心的例句》

Do you have confidence in yourself?
你對自己有信心嗎?

If you think you can, you can. And if you think you can't, you're right.
若你認為你行，你就行。若你認為你不行，你就不行。

The man who has confidence in himself gains the confidence of others.
對自己有信心的人就能獲得別人的信心。

Love me, love my dog.
愛屋及烏

許多美國人都愛養寵物（pets），特別是養貓、狗，老美甚至愛貓狗勝於愛家人。曾收到一位老美女友的網路傳訊，介紹她家中增添了一員，本以為是弄瓦或弄璋之喜，原來竟是她領養的一隻小狗，並附有小狗的正面、側面、全身照片數張以及小狗的姓名與生平簡介，把狗兒子正式介紹給大家認識。我心想，充其量也只不過是一隻狗而已，何必如此勞師動眾。

我還曾讀過一則新聞，有一對熱愛貓狗的夫妻在辦離婚手續，他們面臨最難處理的問題竟是家中的三隻貓和三隻狗，這些貓狗就像他們的親生兒女一般（These cats and dogs are just like their own children.），雙方都聘請律師爭取貓狗的扶養及監護權。這種史無前例可循的特別案例就連律師們都大為頭痛，最後這對夫妻只好雙方私下協調好之後，共同擬定一份協議書，彼此遵照所定之條文行事，慎重其事地如同對待自己的兒女一樣。

作者兒子家的狗。

作者女兒家的狗。

狗主人在餐館吃飯，把牠拴在店
外，牠就乖乖地趴在那等著主人。

一位友人家的狗。

美國一家狗兒購物中心內的狗用物品琳瑯滿目。

主人帶著狗兒來寵物市場購物。

117

　　如今美國有不少單身的年輕人都喜歡養一隻狗來作伴，休閒時可以帶著狗出外跑步、做運動，或一起戲耍，解除不少寂寞時刻。就連一些剛結婚的年輕夫妻也決定不要生育兒女，寧可在家中養一隻狗兒子或狗女兒，也不願輕易去承受生育兒女、教養下一代的責任與重擔。如今許多的年輕人都認為，投資回報率最低的就是生養兒女（The reward for raising kids is less than any other investment.），難怪一些先進國家的人口已有負成長的趨勢。

　　雖然狗是一種非常有靈性的動物，牠們也相當善解人意，但是狗畢竟是無法言語，牠能夠與人溝通的範圍還是極為有限。人與人之間的感情不僅是能夠以言語溝通，進一步還能昇華到以心靈來溝通，那份相知、相惜的真摯情誼，以及親子間偉大無私的感人親情，這些才是人間最美善、感人之至情。

　　美國人愛養狗的家庭比比皆是，上自總統下至民間百姓，甚至是街頭的流浪漢和乞丐都有狗兒為伴。如美國的第一家庭大多數都養狗，前任總統柯林頓，還有現任的小布希，他們到全國各地訪察時，除了有第一夫人伴隨外，後面不就經常跟著一隻搖尾的名貴小狗嗎？

　　愛動物是人類的一種愛的直接表現，特別是對於那些孤苦

美國年輕人帶著狗兒在公園一起散步。

美國年輕人喜歡帶著狗兒一起跑步。

無依、缺少家庭溫暖的老人和小孩們,以及那些盲人,他們藉著飼養貓狗,與之為伴,在精神和生活上都可以獲得極大的慰藉與幫助。而狗對人類的許多貢獻,的確也是大家有目共睹的。同時養寵物讓孩子自幼可以藉著愛護、照顧小動物來培養愛心、耐心,進而懂得去愛人、助人;當動物死亡,孩子也能藉此機會對死亡的意義有些許的認識,日後漸能懂得去面對和接受親友們的逝去;孩子也可由照顧動物的過程中,獲得一些實際的生活經驗與教育,因此飼養貓狗也是有

其不容忽視的正面意義。

美國人喜歡旅行，而且還會帶著貓、狗一起旅行，自然就有許多歡迎攜帶貓、狗的旅客的旅館，那兒附設專為貓、狗預備的各種設施，有舒適的大床，好吃的食物、零食，還有玩具等。

全美各地大小超市都備有貓、狗不可或缺的各種食物、用品等，所有與寵物有關的各行各業都因此應運而生，美國人對寵物的各種服務可謂盡善盡美。老美若能把他們愛寵物之心擴展深入到落後貧困的國家去愛人，也許這個世界就可以變得更美好些。

《與狗有關有趣且實用的句子》

Barking dogs seldom bite. 會叫的狗不會咬人。

Every dog has its day. 人都有走運的一天。

It really is raining cats and dogs. 傾盆大雨。

It's a dog-eat-dog world. 人吃人的世界。

Let sleeping dogs lie. 別惹是生非。

Love me, love my dog. 愛屋及烏。

Old dogs can't learn new tricks. 老狗學不了新把戲。

The American Dream
美國夢

許多未曾到過美國的人，由於錯誤的訊息（due to the wrong information），使他們以為美國遍地是黃金，即使曾經來美國旅遊、經商、留學的人，他們也因對美國社會與文化不甚了解，僅從表面粗淺或局部的認知，因而造成一些不切實際的偏差看法與想法，所以還是有許多人在任何情況下，依然千方百計地想用各種管道、方法擠身美國，圓一個「美國夢」（fulfill the American Dream）。

美國國土廣大，人口不多，天然環境與居住的環境優越，此乃不爭的事實。但凡事都必須付出某種程度的代價，也就是說在享受這些條件之外，每月必須要支付購買房子、車子貸款的本息，加上繳納個人所得稅、老年社會福利金、醫療和房子、車子等的各種保險金，這些每月固定的支出費用就幾乎占了個人收入的一大半，另外還要支付家庭的各項支出，昂貴的子女教養費、汽油費等等。遇有任何額外的支出款項時，立即會造成困擾、恐慌，生活的重擔帶給人很大的

壓力，許多人每天都是戰戰兢兢的，害怕失去工作，有的人甚至入不敷出，靠借貸過日子。

雖然美國是世界首屈一指的富裕強國，但是美國社會的貧富懸殊也很大，同樣是有許多生活窮困的人和低收入的家庭，他們的生活都要靠政府的補助和社會慈善機構的救濟，許多人有工作的能力卻偷懶不肯出外工作，而有些違法工作的非法移民（illegal immigrants），大都生活在社會隱蔽的低階層，用自己的勞力、血汗賺取微薄的最低工資（minimum wage），或在工廠、餐館、私人住宅打工，有些年輕女性甚至淪入妓院等，這些人靠打黑工維生，每日工作十幾小時僅夠自身的溫飽，過著受盡剝削、欺壓非人道的痛苦生活。

美國是一個非常物質化的國家，美國年輕人認為，如果敢於夢想，一切都將成為可能（If we dream, everything is possible.）。他們都希望藉由自己的刻苦努力奮鬥去追求成功，生命是一場比賽，追求成功絕不只是一個空洞的夢想，從木屋到白宮，圓一個美國夢。傳說林肯總統（Abraham Lincoln）出身窮苦，他小的時候住的是鄉下的木頭房子（log cabin），他能從木屋到白宮（from a log cabin to the White House），而成為一種美談。看看我，我是一個白手起家的人（Look at me! I'm a self-made man!）。

美國人一向是非常尊敬佩服白手起家的人，這是由於美國

祖先當年的拓荒精神，拓荒者必須憑著個人堅忍不拔的毅力，不斷地努力奮鬥去爭取生存空間。因而後來的政客和成功的人都要自我吹噓說，他們的童年也是生活在貧窮困苦中，如此他們的成就更顯得偉大。

某一位紐約華爾街的股市大王曾自誇道，當他五、六歲的時候，還僅是一個赤足走在華爾街上的孩子，如此說來，更彰顯出他的不凡，全因自己的努力才有今天的輝煌成就。不過有人卻不以為然笑說，當年是他家裡的一位私人褓母提著他的鞋，牽著他的手走在華爾街上。甚至如約翰甘迺迪（John Kennedy）總統，他生長於相當富裕的家庭，自然無法捏造一個貧窮困厄的童年故事，但他也要對大家表示，因為老甘迺迪對孩子的管教十分嚴厲，所以他也曾接受嚴格的家庭教育，經歷過一些苦難的磨練。

美國土地廣大，資源豐富，造就了這個得天獨厚的國家，但自美國的九一一事件，象徵美國富裕繁榮的紐約世貿中心的雙子塔（The Twin Towers of the World Trade Center）轟然倒塌後，有人認為這正是美國經濟開始走下坡的起點。不過美國夢依然還是許多合法與非法外來移民者精神上的希望與救贖。

Home Schooling
在家上學

美國的孩子由幼兒預備班（pre-school），幼稚園（kindergarten）老師就訓練孩子要勇於說話表達自己，他們有一種課程叫 **Show and tell** 時間，每一位小朋友要帶一樣東西向同學展示，同時加以說明講解給大家聽。每一個小朋友都會把自己最喜愛的東西或玩具帶去現寶，而且很得意地告訴大家這是誰送的禮物。這樣可以自幼訓練兒童說話的膽識與表達的能力。

美國兒童由小學（elementary school/primary school）、國中（junior high school）到高中（high school）畢業，一共十二年都是免費的義務教育，家庭環境差的學童還可以享有免費午餐（free lunch）的優惠。雖然美國的法律明文規定小孩一定要受教育，依然還是有文盲（illiterate）存在。

由於美國私立學校（private school）的環境、學生素質與師資都較公立學校（public school）高些，許多有經濟能力的父母都寧願把孩子送到私立學校就讀，但私立學校費用昂貴，一年學費至少數千元到萬元不等，若非高薪收入的中上等家庭

（upper middle class family），一般薪水收人的家庭（average income family）是負擔不起的。私立學校也有少數清寒學生，他們完全是由校方提供全額獎學金，幫助一些成績特別優秀的貧窮孩子。

由於美國公立學校制度上的不健全，加上一些高中生自己也不努力讀書，在學校惹是生非，遭校方退學，或自己不願去學校讀書，這些高中退學生（high school dropout），有的父母不肯就此放棄他們，把孩子送到管教訓練中心，希望他們學會自律，這些頑強不馴的孩子經過至少五十天以上在野外生活的訓練活動，加上心理輔導人員的教導與幫助，使他們能獲得有效的改進，也挽救了不少即將淪入歧途的青少年。

2006年的一月間，美國的ABC電視台，廣受大眾喜愛的「*20/20*」電視訪談節目，曾製作播放一個有關美國公立學校教育的特別報導，節目名為「**Stupid in America**」。看過這個報導之後才知道美國公立學校制度（public school system）本身就有許多弊端與問題。例如某中學的一位男老師傳送一封有愛戀之意的電子信件給一位年輕貌美的女學生，校方雖握有性侵害之實的信件，卻無法開除這位男老師，由於教師公會繁雜合約中的各項嚴謹規定，校方要開除一個老師至少得經過五、六年的申訴辦理過程。還有學生向校方檢舉老師竟然在課堂上打瞌睡，簡直讓人難以相信，那些不負責或無能的老

125

師，他們在學校所表現出的各種不當之言行。

而有些學校只知道拚命向政府要求經費，宣稱學生的程度不好是因為學校經費的不足，實際上校方把學校經費使用在增建行政大廈、室內運動場及聘請咨詢顧問費用上，並非直接使用於增進學生的課業上。接受訪談的一位盡職的中學校長告訴大家，他的學校是以最少的經費卻辦得最好，學生課業成績表現最佳，所以他堅信學生成績的優劣是絕對與學校經費的多少無關。

此報導特別指出，美國學校教學沒有其他國家好，因為美國學校是由政府壟斷，自然沒有競爭的激勵（American schools don't teach as well as schools in other countries because they are government monopolies, and monopolies don't have much incentive to compete.）。同時訪問比利時一所學校的校長，她說教育制度在歐洲與美國的情況大不相同，若一所學校無法吸引學生，學校就得關門了 （If a school can't attract students, it goes out of business.）。所以歐洲學校的校長一定會加倍努力，聘請最好的師資，提供學生優良的學習環境，如此才可以獲得學生與家長的好評，這樣學校才能繼續經營下去。

現今有一些父母認為傳統的學校（traditional school）教育程度太差，老師、學生的素質都參差不齊，所以有些父母寧可自

美國各級公立學校由小學一年級到高中十二年級，
都有免費校車可乘。

己在家教授孩子的功課，這種情形也愈來愈普遍，主要是因為現在的學校問題比過去要更多，學生抽菸、喝酒、吸食毒品，老師性侵害學生，學生打老師，學校槍擊暴力事件的發生，使一些父母相信孩子到學校去上學的壞處多於好處。

在家上學（home schooling），就是父母親自己在家教育孩子，孩子的課業成績會比到學校上學為高，但有的教育專家認為在家上學，父母無法兼顧孩子所有的課程與活動，孩子不能有全面學習的機會，也因缺乏與同儕間競爭的壓力，以後到社會上工作受到更大的壓力時，就很容易被淘汰而無法找到理想的工作。但是這些父母卻不贊同專家們的這種說法，他們認為在家上學，父母會重視到英文讀寫、文法的學習，孩子能夠學得更好，他們可以隨性地自由選擇喜歡的課程，孩子的特殊才能更易獲得廣大的發展空間，同時父母親有更多的時間與孩子相處在一起，家中的所有家務事都要大家分工合作，孩子的日常生活就是一種最好的學習，親子關係也會更密切融洽，這些父母都認為，孩子在家上學絕對是會獲得更多的好處。

What is your native language?
你的母語是什麼？

　　移民來美之前，筆者曾在一家美商成衣公司工作，老闆是美國人，那時覺得自己的英文溝通能力還蠻不錯的，心想若移民來美，在語言上應不會有太大的問題。誰知到了美國之後才發現，這些老美說英文的速度真快，自己的英文聽力似乎大大地退步了許多，納悶為什麼美國本土的老美所講的英文特別難懂，還有聽美國電視台的新聞報導時，簡直猶如鴨子聽打雷。

　　記得當年曾到一位早年留美的長輩家做客，飯後大家坐在客廳裡看老美講笑話的電視節目，只見這位長輩笑得人仰馬翻的，當時我還真是深感慚愧不安，下定決心今後一定要加倍用功把英文學好。直到多年後，自己的英文大有進步，才發現這位長輩的英文也不過爾爾，也許當年他是故意「笑」給我們看的。

　　美國一些電視台的笑話節目是專門找美國名人（celebrity）、政客（politician），甚至總統（president）的話題來開

心，若想要聽懂老美的笑話，沒有較好的英文程度以及對老美日常生活習慣、文化習俗、價值觀、經濟、政治事件、典故等的認識和瞭解，是無法全部聽懂他們的英文笑話，自然也就笑不出來了。

所以千萬別誤以為到美國留學幾年，拿了碩士、博士的頭銜，他們的英文全都頂呱呱，老美講的笑話他們也可能照樣聽不懂。殊不知也有些博士大人一講起英文來，就讓老美乾瞪眼，直搖頭，完全不知所云。

曾有一位老美女同事抱怨說，她聽不懂另一位老中所講的英文。我問這位老美女同事，妳除了英語還會說其他的語文嗎？她說不會。由此可見她完全不了解學習另一種語言的難處，趁此機會給老美上一課，我故意笑說，我可以免費教妳中文，她直搖頭說自己沒有一點語言天分。我又告訴她，學習另一種語言是不容易的（It's hard to learn another language.），妳要試著去為別人著想（Try to put yourself in someone else's shoes.），所以對待說第二種語言的人應有點耐心才是。順便我講了下面的一個歐洲笑話給她聽，聽過之後她對我擠出一個尷尬的笑容。

許多歐洲人（European）能說好幾種不同的語言，對他們來說是一件稀鬆平常的事，而大部分的美國人只會說英語。這是一則歐洲人譏笑美國人的笑話：歐洲人問，你稱會說三種

129

語言的人什麼？會說三種語言的人（What do you call someone who speaks three languages? Trilingual）。那你稱只會說一種語言的人什麼？美國人（What do you call someone who speaks just one language? American）。

另一則諷刺性笑話說，在日本的商展會場，一位美國人坐在那聽日本人用英語演講，聽畢，老美就對鄰座的一位日本人說，原來你們日語聽起來也有一點像我們的英語。世人皆知，許多日本人講的英文是日本式的英文，他們說英文時，有些尾音的發聲很重，聽日本人說英文，簡直是叫人吃不消。

有些老中說英文也會有鄉音，如廣東腔、湖南腔、台灣腔，曾聽到一位老中說，他認為聽咱們老中講英文較容易懂，因為語法與發音都與自己講的英文很相近。老美一口氣就可以講完的句子，老中可以把一句話說得七零八落，好像是上氣不接下氣似的，慘不忍聽。還有些老中對自己沒信心，反欲蓋彌彰地加快說英文的速度，以為如此就表示自己的英文程度很好，猶如嘴裡含著一個橄欖在說話，發音含糊，咬字不清，別說沒耐性的老美聽不懂，這種英語任誰也聽不懂。

辦公室有一位年輕女同事的名字叫 Trish，一位老中同事的英文發音很差，幾乎把她的名字叫成 Trash（廢物），這位老

美同事倒有幾分雅量，她只好苦笑說，幸好我已結婚了，否則哪還有人敢娶我呢？

英文裡有許多字聽起來發音都很相似，特別是 a 和 e 的發音，輕重、長短音的不同就完全變成不同意義的英文字。有的字的重音部分要加重，還有些字尾音好像沒有發出音，但卻是輕微帶過，並非完全不發音。老中對英文字的 l、r 在喉嚨裡發聲是最難發音，還有把 th 的音發成 s 的音，這些都是我們老中講英語時需注意和改進的地方，有時不妨多聽和學習電視台新聞主播的英文，他們的英文將是很好的範例。

在美國本土的老美是以他們自身說英文的標準來做標準，他們一般是不會考慮到別人的情況，再加上他們較為自大（arrogant）、粗心（careless）、沒有耐心（impatient）的個性，我們無法要求他們來配合我們。當然如果你是公司的老闆，那又另當別論了。

英語不是我（們）的母語（English is not my native language.），我們不必為我們這樣說英語而感到困窘（We should not be embarrassed for the way we speak English.）。我們來到美國就要學習「入境隨俗」，尤其語言是最重要的求職謀生的基本工具，雖然我們無法苛求自己說一口無懈可擊、標準流利的英語，至少要努力地虛心學習，盡量能說一口讓老美能聽懂的英文才是。

Give it a try.
再試一下

　　一位年長友人首次獨自到郵局寄包裹，如臨大敵似的，不知自己有限的英文能力是否可以勝任此項任務，一路上，她心情很緊張（She is very nervous.），不斷地祈禱，求上天給她信心和力量。後來她果真順利地將包裹寄出，走出了郵局，她的心洋溢著無以言喻的喜悅和滿足，原來這一切並非如想像中的困難與可怕，從此她對自己又多了一分信心。所以無論我們的年齡有多大都要有嘗試新事物的勇氣與信心。我們從不知我們可以做成，直到我們去嘗試（We never know what we can do until we try.）。

　　在人生的道路上，並非人人都嚐過燦爛美好的成功滋味，但我們卻都有過苦澀傷痛的失敗經驗。尤其是剛由國內移民來美的中國人，要適應截然不同的語文、文化與生活習慣，的確不是一件簡單的事。身心都會受到很大的磨練與衝擊。

　　有的人學習力強，不畏失敗，很快就爬了起來，再接再厲，甚至愈挫愈勇，激發出內在生命的潛力，直向成功的標

竿邁進。也有人失敗後從此就一蹶不振，躲在自己狹隘灰暗的天地裡，整日怨聲載道，不敢去面對失敗的打擊與挑戰，因而永遠再也爬不起來了。

　　人都是畏懼失敗的（fear of failure），所以有些人常會為自己找各種藉口而不願去學習任何新的事物，更不敢接受任何新的挑戰（new challenge），因為害怕失敗的打擊，這無異是一種自信心的摧毀。其實失敗並不足代表自己無能（incapable），也許是因準備不夠或時機不對，俗話說，「失敗為成功之母」，我們可以調整步伐，再重新出發，能夠勇敢地踏出第一步的人，他就擁有成功的希望和機會，否則我們一直因害怕而裹足不前，就終生注定成為一個失敗者。一個人若不敢去面對自己的困境和障礙，一味地去奉行多做多錯、不做不錯的消極行事原則，反而錯失了人生許多自我學習和成長的機會（opportunity to grow）。

　　我們常會擴大助長自己內心的恐懼陰影，才會導致自信心的缺乏（lack of self-confidence）。人的信心是需要鼓勵的，記得數年前，一位年過半百剛由台灣移民來美的女友，她哭喪著臉告訴我說：「我對自己真的很失望，駕駛執照考了四次都沒通過，我已完全失去再試的勇氣。」我立即鼓勵她說：「妳不要難過，我有一位體弱多病的文友，前後共考了八次才拿

到駕駛執照。」她立即笑逐顏開地說：「這位文友還真有勇氣啊！」女友終於在第五次的考試獲得駕照。

在我們生活周遭總會遇到一些困擾與挫折，但不要灰心（Don't be discouraged.），不管我們在任何年齡都要有信心與勇氣去再試一下（Give it a try.）。有些事情的成敗，它的差距很小，往往就僅在自己的一念間。特別是那些運動員，勝敗就決定在那短短的數秒之間（A few seconds can be the difference between success and failure.）。

記得一首兒歌，「這是一句好話，再試一下。一試再試做不成，再試一下。這會使你的見識多，這會使你的膽子大，勇敢去做，不要怕，再試一下。」當我們陷在生活的困境或失敗氣餒時，不妨鼓勵自己，要有「再試一下」的堅忍精神與勇氣。你知道有一句古老名言：沒勇氣，就沒有榮耀（You know the old saying, "No guts, no glory."）。

You Know
你知道

　　我們老中說話時缺少面部表情（facial expressions）和肢體語言（body language），肢體語言被認為是一種非言語性的會話（nonverbal conversation）。我們中國人自幼被教導，說話時眼睛不可盯著人看，尤其是晚輩對長輩或女性對男性，被認為是一種不禮貌或不當的行為；然而老美說話交談時，眼睛卻一定要注視著對方的眼睛，但也不可以兩眼直瞪著人看，這是老美說話應有的基本禮貌，叫做 eye contact（目光接觸）。

　　一位老美友人曾問我，他口試了一位中國人，這位應徵者與他沒有任何的 eye contact，友人認為這人可能不夠誠實。我則告訴他，我們中國人不習慣注視著對方的眼睛說話，認為這是一種不禮貌的行為。結果友人錄用這位老中，多年來已成為他最得力的幫手，老美友人一直為此而感謝我。

　　有些我們認為穩重的行為表現，會被老美認為我們老中的個性比較呆板，或者是深藏不露，他們不知老中的肚子裡在作什麼文章，甚至被誤以為是陰險深沉之輩，因而易被老美

懷疑或不受到信任。特別是遇到警察或接受移民局的海關官員查詢問話時，應特別注意要有 eye contact，否則會被他們誤認為有說話不實而心虛之嫌，那麼被找碴的可能性就很大了。

雖然我們無法效法老美說話如同表演一樣，但也不要默不作聲，毫無一點反應，讓對方感到難堪或不自在（embarrassing or uncomfortable），應該笑的時候就要笑，哈哈大笑也無妨，應該表示同情、關懷時就不能邊說邊笑，讓別人覺得你的誠意不夠。還有我們要學會說一些簡單的附和語，適時地回應一、兩句話，也表示我們正在專心聽對方說話，如此雙方在言語溝通上才會產生一種熱絡的氣氛，讓說話的人有一種被關懷與受重視的感覺，否則一個人自說自話的多沒趣啊！能耐心地聽人說話不僅是一種修養也是一種藝術呢！

不過有些人說話時常會習慣使用同樣的附和語，好像是鸚鵡（parrot）在說話，不斷在重複同一句話，聽多了會讓人覺得是在應付似的，如能換用不同的句子來表達相同意思，會更為恰當。有些人說話時，往往會不自覺地（unconsciously）一再重複同一句話，有些名人也會有這樣的毛病。每個人的口頭禪不同，若有機會能夠把自己所說的話錄下來，再重新播放就會發現自己說話時是否有口頭禪，或是一些讓人厭煩的累

贅話語。

在說話時，有時因無法立即接著說下去，而停下來思考時，有些人會說，你知道（You know），變成一種習慣而成為口頭禪，每說幾句話就加說一個 **You know**。連最受歡迎的一些美國影、歌星和球員在接受電視台的訪談時，竟也不斷在重複 **You know** 這句話，甚至是英語十分流利的 **ABC**（American born Chinese）都會有這種不自覺的說話習慣。曾有一位資深電視節目的主持人，他公開承認自己在十分鐘內裡竟用 **Well** 這個字共有二十多次，若不是他女兒及早發現與糾正，他還一點都不自覺呢！我們倒不常聽到那些政治人物有這種毛病，可見他們是比較注意自己說話的內容、品質與辭藻的運用。

辦公室的一位老美男同事特別喜歡說 **really**，另外一位女同事早已聽得厭煩了，有一次她就故意大聲誇張地回答他說：**really**？如時下的一些年輕人很喜歡用 **Like** 或 **Kind of**、**Whatever**，還有一般人常喜歡說，**By the way**、**I'll say**、**In my opinion**、**I see**、**Well**、**As I said**、**I know**、**Yeah** 等等，在說話時，這些話偶爾用之是可以的，或者是換用一些不同的字句，若重複使用同一句話幾十次就很不恰當了。

Do it yourself.
自己動手做

美國的人工十分昂貴（very expensive），生活在美，凡事都盡量要自己動手去做（Do it yourself.）。例如住家屋內、外的一些工作，油漆（painting）、修理（repair）、維護（maintenance）、水管（plumbing）、園藝（gardening）等工作，老美在這方面的能力確實要比老中強多了，所有剛移民來美的老中為此都叫苦連天，但是在美居住多年後，似乎個個也都能學得老練能幹多了。

許多老美自幼在家就幫忙父母做事，他們已養成凡事喜歡自己動手做，即使不會做，也可以到書店、圖書館找尋有關的書籍來做參考，從家具拼湊裝置，房屋的油漆粉刷，甚至到換屋頂、加蓋房屋等，都可以自己動手來做，銷售材料的商店不但有專人講解教授，還可以借教學錄影帶回家慢慢學習。

剛來美國看到老中友人好像十八般武藝，家中內外什麼都會，還會自己動手換汽車的機油，讓人佩服不已。後來得知這位友人年屆六十依然很勤快做事，一次卻因更換家中客廳吊燈的燈泡跌倒受傷很重，從此他就不再敢自己動手了。

　　一位老中工程師自己動手換屋頂，新屋頂換好之後，每逢下雨天屋內幾處就開始漏水，又爬上屋頂東補西補的，卻始終未能找出漏水原因，無奈只好請專門負責修屋頂的公司（Roofing Company）派人前來修理，原本是為了省錢才自己動手做，辛苦忙碌了一陣子，結果花費反而更多。畢竟專業的知識與經驗是長年累積的成果，是應該受到尊重與肯定的，筆者倒認為世上有些事情，若只是花些錢就能夠學到人生寶貴經驗或教訓，這錢花得也是值得的。

　　曾在1996年11月5日當選為美國華盛頓州州長（Governor of Washington State），也是美國歷史上第一位美籍華裔州長（He is the first Chinese-American governor in U.S. history.），而且連選得連任的美籍華裔的駱家輝先生（Gary Locke），他在未當上華盛頓州州長之前，某日，他爬上自家的屋頂去清理屋上的排水溝道，不慎由屋頂上跌下來傷到脊椎骨，此時家中無他人在場，駱家輝先生忍痛由院中爬至屋內打電話求助，這條新聞還曾刊登於報上，諸如此類的受傷事件也不勝枚舉。

　　筆者的鄰居，一位退休的教授，數年前的一個冬日，他爬上屋頂修屋，因心臟病突發由屋頂跌落下來後，家中無人知曉，當家人回來送醫急救，為時已晚。每當我使用家中那把修花草樹木的電鋸時，手摸著那依然完好如初、纏繞著深褐

色膠帶的橘顏色插頭，不禁令我懷念起這一位曾多次替我免費修理家庭電器，和藹可親的老教授。

老美自己動手做，是一種很可貴的精神，也展現出人類雙手萬能的偉大，當然是值得我們老中學習的，不過如果沒有相當的把握，最好不要自告奮勇去充能或冒然嘗試，以免自傷或傷人，那就完全失去自己動手的原意了。每個人各有專長（specialty），有些事不要因逞強而苦了自己，反弄巧成拙；還有些人是為省錢而做自己完全外行的事，反會因小失大。

有人說笑話，若比爾蓋茲，這位世界首富，他桌上的紙張文件掉落在地上，他都不可以起身自己去撿，因為他這麼一彎腰撿起紙張的時間就已經浪費掉好幾百萬美金呢！人無法凡事都躬親自理，有些事情是需要別人代勞的，專業的知識與特殊的才能畢竟是無法一蹴可幾的。

Learning Chinese
學習說中文

　　幾十年前，美國大學的中文課程幾乎無人問津，如今美國年輕一代學習中文的人數愈來愈多，中文在大學受歡迎的程度現在僅次於日文。由於中國經濟的快速發展，加上中國加入世貿組織後，美國人早已看好中國的廣大商業市場與潛力，在美國政府的大力推動下，正興起一波學習中文的熱潮，美國各級學校已紛紛開設中文課程，而且學習中文的年齡層也愈來愈低，從幼稚園就開始學中文。

　　最近一位家居紐約的富商，為他剛滿周歲的兒子登報徵求一位精於中文的保母，月薪數倍於一般的保母。因為這位富商認為中文日後將會變成世界最流通的語言之一，所以他希望自己的孩子從小就開始學習中文，將來能夠說一口道地的中文，必定會有助於他們企業的發展。

　　我一位女友，每週六上午都帶孩子到中文學校去學中文，難得她為人母的一片苦心，可是我不明白為什麼這位母親由始至終都一直是用英語和孩子交談。既然希望孩子學習說中

文，父母就必須讓孩子有多說和多聽的機會，父母與學校要相互配合才能更有成效，否則只靠中文學校每週僅幾小時的教學是絕對不夠的。

聽說有的父母親為圖自己學習的方便，希望藉由與孩子說英語的機會來練習英語，這實在是孩子的重大損失。成年人要學習英語的方式很多，而且又很方便，父母竟因一己之私而剝奪了孩子在家學習中文的大好機會，實在是相當不智之舉。

許多在美國出生而不會說中文的華裔子女，當他們長大成人之後，多少總會覺得遺憾（feel regret），羨慕別人會說中文，後悔自己年輕時沒好好把握住學習中文的機會。事實上，竟有父母親希望自己的下一代能夠完全西化，還刻意不讓孩子學中文。幸好大多數的中國父母都願意把孩子送到中文學校去學習，父母的一片苦心，希望孩子不要數典忘祖，能保有一些中國固有的傳統文化。只可惜許多孩子在學習中遇到困難時，他們就退縮不再繼續學習了，做父母的也未能堅持（persist），以至孩子長大之後竟不會說自己的語言，實在是一件非常可惜的事。

有些西方人能夠同時學習好幾種外國語文，特別是歐洲的國家，一個人能夠說幾種不同的語言是一件稀鬆平常的事。現今連金髮碧眼的老美都熱衷於學習中文，更何況身為炎黃

子孫,學習自己的母語更應堅持到底。

　　記得孩子小的時候,每週六送他們去中文學校上課,明知一星期僅幾個小時的中文課是絕對不夠的,所以我們嚴格地規定,孩子在家只許說中文,嚴禁說英語。執行之初,孩子也有些許怨言,甚至抱怨別的同學都不用學中文,外子與我則堅持不懈,我們以各種軟硬兼施的方法,也為孩子講些中國有趣的風俗民情、歷史故事,藉以提高他們對學習中文的興趣。暑期間,我們以獎勵方式鼓勵孩子背誦唐詩或三字經,也曾帶孩子回國學中文,利用各種不同的方法引導、提高他們對學中文的興趣,讓孩子喜歡說中文,更以做中國人為榮。十多年的努力,總算有些成效,如今兩個孩子都能夠說一口標準流利的國語,他們一直都很感激我們當年的果斷與堅持,如今讓他們有能力和機會去為華人同胞們做義務的翻譯工作,不僅豐富了他們的生命,對他們的事業也有所助益。

Banana & Egg
香蕉與雞蛋

　　時下在美國長大的許多中國孩子，雖然長了一張東方面孔，但是他們的思想、言行已和老美一樣，口說的是英語，手拿的是刀叉，吃牛排、西餐，身穿西服或洋裝，言行舉止已完全西化，連親戚朋友也都是一些金髮碧眼的洋人，他們也自認是美國人，反從心眼裡瞧不起中國人和中國文化，連生養他們的父母都一併受到排斥（exclude）。這些人被老中稱之為「香蕉」（Banana）。

　　女友十分感慨地說，她在美國含辛茹苦地把兒女扶養長大，一直很希望他們能保有中國人固有的傳統文化，然而事與願違，孩子長大之後，他們只會說英語（After kids grow up, they only speak English.），他們喜歡吃西方食物，連做人處事的方法、態度以及情感的表達方式都已完全西化。

　　一位華人寡母教育出一位醫生兒子，娶了一位碧眼金髮的老美為妻，住華屋開高級轎車，母親十分開明，不願干擾兒子的家庭生活，她自己卻淒涼獨居於老人公寓。可憐天下父

母心，中國父母永遠願會為子女分擔、犧牲自己的利益，體諒做兒女有其苦衷。但父母應盡力把中國傳統文化的優點傳承給下一代，不應完全西化，美國許多外來的移民都以保有自己國家的傳統文化為榮，更何況是我們博大精深的中國文化，做一個中國人豈可如此妄自菲薄丟掉自己最寶貴的固有文化呢！

　　女兒小的時候常會因不肯學中文而被比他大五歲的哥哥笑說：「妳是香蕉！」女兒就回說：「我不是香蕉，我是雞蛋。」這句話更引得哥哥捧腹大笑起來，女兒生氣前來向我告狀說，哥哥罵她是香蕉，她說她不是香蕉，是雞蛋，結果哥哥還笑她。我立即問女兒，哥哥說妳是香蕉，這是什麼意思呢？女兒想了一想才說，反正這是一句罵人的話。我把為什麼有人被稱為香蕉和雞蛋的緣由告訴女兒，她才明白過來，而且高興地辯白說，我不是香蕉。同時我也和顏悅色地告訴兒子以後不可以再說妹妹是香蕉了，媽媽聽了會難過的。兒子是一個孝順的孩子，從此再也不曾聽他對妹妹講這句話了。

　　筆者不認為小留學生應獨自到美國來求學，試想一個對中國文化尚未有穩固的根基，再加上孩子本身的思想、行為、心理與身理都不穩定（unstable）、不成熟（immature）的未成年孩

145

子，這期間正是最需要父母督導、關愛，此時他們離開了父母，來到與自己文化全然不同的西方國家上學，是很容易就被西化的，不僅是語言文字都被西化了，連他們的思想、心理和行為全都被西化了。

　　雖然孩子的英語可以學得很好，但這並不保證他們同時也吸收了西方文化的精髓，卻可能已丟掉了自己的母語，更讓人難過的是，他們丟棄了我們中國幾千年悠久寶貴的傳統文化，這些不中不西的孩子長大成年後，他們內心可能會產生一種對中西文化認同上的矛盾（contradiction）與衝突（conflict）。我們可以學習西方先進的科學知識、技術，但是絕不能丟棄我們淵博精深的中華固有文化的根基。

　　可喜的是，現在有許多幫助自我改進、增益、個人成長的英文書籍中（Self-Improvement、Self-Help、Personal Growth books），作者都會提到我們中國道家的老子（Lao Tzu）、至聖先師孔子說的話（Confucius said），以及佛家（Buddhism）的智慧話語（words of wisdom），這些都是人生的哲理（philosophy of life）。而老子的《道德經》（Tao Te Ching），是世界上除《聖經》（the Bible）之外被翻譯最多的一本書，全世界所有的中國人都應以此為榮。

　　如今美國各大小學校也不斷在增設學習中文的課程，有一

些熱愛中國文化的老美，他們對中國文化的研究十分精深而成為中國通，竟能夠以中文教授學生。他們手拿著筷子吃中餐，還特別要為自己取一個中國名字，他們以學習、知曉中文與中國文化為榮，並自稱是「雞蛋」(Egg)，外白而內黃，與那些內白而外黃的「香蕉」竟會有如此截然不同的思想與心態。

Say No to Drugs
對毒品說不

　　曾有一位年輕的老美同事 Lily，她是一位很虔誠而有愛心的基督徒（Christian），她工作努力，待人熱心、誠懇，臉上永遠都掛著一張甜美的笑容，從來都沒聽她口裡說過一個「不」字，每當辦公室裡影印機的紙張卡住或是要換油墨，或是辦公室臨時出了任何狀況，所有沒人願意做的工作，她都會自動來幫忙。後來辦公室裡所有的大小問題乾脆都由她包辦了，而她也從來不曾有過一句怨言，她真的是以愛的行為來實踐生活的一位任勞任怨、可敬的基督徒。

　　美國是一個以基督教立國的國家，雖說美國有選擇宗教的自由，然而基督教還是較受到美國大多數人的尊重。曾有一位虔誠的老中佛教徒，每天早上坐在公車上，手持著一大串的佛珠，口中還念念有詞。偶爾早晨我會與她同車，坐在她旁邊靜靜地欣賞著她潛心念佛的美姿，只是同車的一些老美竟用著嫌惡的眼光注視著她，這同樣的情況我注意到許多次。有一次我就暗示性地對她說，車上很多人都在對你行注

目禮呢！她說，奇怪我怎麼沒注意到，我說，妳只顧著專心在念經，哪還會注意到其他人的眼光呢！曾聽說有一位篤信佛教的老中把一張大佛像掛在自己辦公桌邊的牆上，結果遭到同辦公室幾位老美同事的連名抗議，造成一些不愉快的爭執。筆者認為在公共場所（public area）應盡量採用大眾較能接受的方式做事，正因宗教是自由的選擇，大家都應受到尊重，也應考慮和尊重別人的自由空間。

有些老中常認為受到老美種族歧視（racial discrimination），也許我們應先自我檢討一番，是否自己也有觸犯到別人的禁忌（taboo）而不自知呢？當然有些老美絕對是有一種白人的優越感（feel superior），若自己做人處事都合宜，也不必去與那種人一般見識，這種人的心態都是有問題的，有些人原本就是不易與任何人相處的問題人物，就不必太認真了（Don't take it too personally.）。

我們老中講情重義，我們很難說不（We can hardly say no.）。既然朋友都已經開口要求，雖然自己心中頗不願意，卻不好意思說出拒絕別人的話；或是自己能力不能及，因好面子而答應別人的請求，事後也許又會反悔，如此對自己和別人都造成了困擾。若是不便當面立即拒絕，可以說，我需要一些時間考慮（I'd like to have some time to think about it.）。許多老美也常

149

愛說，讓我考慮一下（Let me sleep on it.）。

　　在我們的日常生活中，需要說 No 的情況非常多，我們必須學會在某些情況下說「不」字（We have to learn to say no in some situations.）。　特別是年輕學子在校之際，容易受到同學們的影響，他們希望在學校受大家的歡迎，有人就會認為，如果我說不，他們就不再喜歡我（If I say no, they won't like me anymore.）。如今各學校都教導學生意志要堅決、果斷，勇於拒絕香菸與毒品的誘惑，更不要與不良幫派分子為伍；到社會上工作時，也要懂得爭取自身應享有的基本人權與利益，拒絕各種不合理的不平等待遇，包括種族歧視、性騷擾等等。只要自己不願接受的任何不平等之待遇，都應該勇敢地向對方說一個「不」字，實在用不著委曲求全，到頭來一樣會得罪人。

Domestic Violence
家庭暴力

　　台灣媒體曾報導，一位美麗的名模公開控訴老公打人的家暴事件，她帶傷泣訴結婚不到一年，就被老公打了七次，最後一次竟被打到縫了六針的慘狀。這情況活生生猶如茱莉亞蘿勃茲曾主演的電影《與敵人共枕》的真實版，婚前，女主角認為老公是她心目中的白馬王子，英俊、成功、性感，但婚後，老公完全判若兩人，竟會恣意對老婆拳打腳踢，女人最悲哀的莫過於此。記得多年前，曾轟動全美的前美式足球超級明星（the former football star）辛普森的殺妻事件（O.J. Simpson's murder case），就是一個家庭暴力釀成的悲劇下場。

　　家庭暴力（domestic violence）是全世界各地都有的不幸事件，許多落後國家的婦女則無法受到任何法律的保障。雖然美國的法律明文規定，暴力是犯法的（Violence is against the law.），家庭暴力在美國仍是一個嚴重而普及的社會問題（Domestic violence is a serious, widespread social problem in America.）。據報導，目前在美國，每年約有三百萬以上的婦女遭丈夫或男友

毆打。由此可見美國的家庭暴力現象的確是一個既普遍卻又難於處理的家庭問題、社會問題和法律問題。

在美國家庭內的暴力事件，大都是丈夫虐待、毆打妻子，但也有少數案例是丈夫成為暴力事件的受害者。美國的家庭暴力發生於社會各個階層，無分窮人或富人，有的家庭甚至非常富裕；也不分種族，有白人，也有黑人和其他少數民族，當然也有一些是華人。

每當全美電視台有重大球類比賽的轉播，球迷在家一面喝酒，一面看球，若所支持的球隊輸了，一肚子的氣沒法出，再加上老婆又不知好歹地囉唆沒完，此時她就變成丈夫最佳的出氣筒。特別是一些承受高壓力工作的丈夫，他們經常很容易成為家庭暴力事件的元兇。

無論是身體上的虐待（physical abuse）或精神上的虐待（emotional abuse）都算是一種家庭暴力，這是不正常的行為，也是觸犯法律的罪行，一些社會團體與機構都在呼籲，希望受害的婦女一定要勇敢挺身而出，打電話給警局（police station）或自己到警局接受他們的保護，警方將會拘捕施暴之人。美國有一些機構專門是幫助家庭暴力的受害者並提供她們所需的食宿與各種援助。

家庭暴力事件受害最大的是孩子，孩子內心會有不安全

感，而且他們會認為那是他們的錯。專家認為，父母平日可以與孩子談論家庭暴力事件，並詢問孩子的感受，同時要告訴孩子，這不是你的錯（This is not your fault.）。不要讓孩子涉入父母的爭吵之中，為保護孩子的安全，一定要告訴孩子當父母爭吵時，他們可以躲在衣櫃裡、床底下，或有上鎖的房間，也可以躲避到附近鄰居家，甚至還可以打電話給警方求救。

有些受害者一直忍氣吞聲，認為家庭暴力事件只是偶發的家庭問題，這次之後就不會再發生了；或者受害人是為了顧及雙方的面子，畢竟是家醜不外揚，因而不肯向外界求助。專家告誡家庭暴力事件若不能獲得有效的幫助，最後只會愈來愈嚴重，甚至會導向死亡（It can lead to death），所以受害者應及早採取必要的行動以防不幸事件的發生。

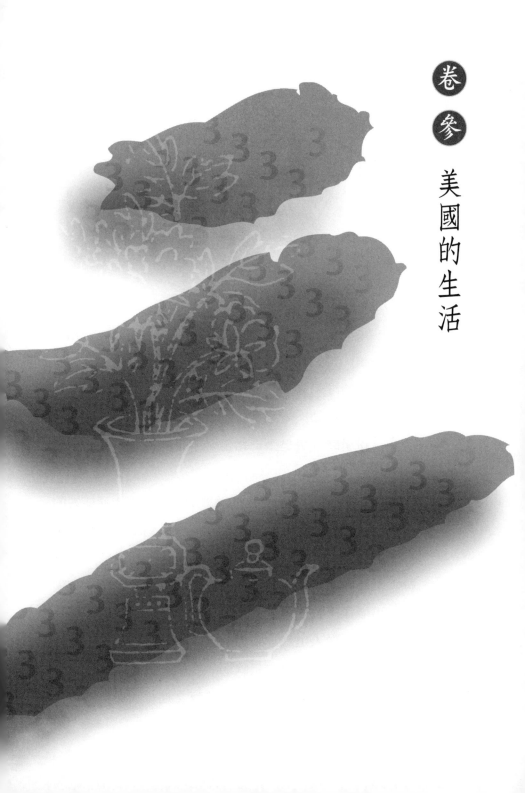

卷 參　美國的生活

Silence is not golden.
沉默不再是金

　　大部分的美國孩子個性比中國孩子外向（extrovert），美國孩子愛說話、愛表現（show-off），他們說話時，信心十足，一點也不會膽怯退縮。當然許多華裔子女受到美國文化的影響，有些孩子也變得伶牙俐齒，應對裕如，但還是有不少華裔子女不善於言語上的溝通與表達，特別是面對生人、大庭廣眾或與人衝突、紛爭時，更是張口結舌，手足無措地不知如何是好。

　　一般來說，美國人還是喜歡能言善道，有高度溝通能力的人，默不作聲、埋頭苦幹的人並不一定會受到上級的賞識或重用，「沉默是金」（Silence is golden.）這句話在美國是行不通的。特別是在利益衝突之際更顯見人性的冷酷、醜陋，美國人根本不可能懂得我們中國人所謂「忍一時風平浪靜，退一步海闊天空」的做人道理，我們中國人認為是謙謙君子的作風，會被一些美國人誤以為是軟弱無能的弱者行為，所以自己應去爭取的權益就絕不可禮讓。達爾文進化論對美國有很

大的影響，這個社會所遵循的是弱肉強食的規則，即是「適者生存，劣者淘汰。」美國人的這種特殊民族性不僅在個人的生活行為中處處可見，美國的各大企業也是一種托辣斯合併小企業的形態，大公司的財力雄厚，可以合併或收購其他較小型的公司；美國在國際上的一些強權作風又何嘗不是如此。

　　一位老中友人剛來美時英文不太流利，某日開車被一位老美撞到，顯而易見是對方的錯，這位老美當時的表現非常有禮並表示願意賠償，還出示他是一位大學教授的資料證明，友人見此人彬彬有禮就沒有嚴格要求對方立下字據。幾天之後，保險公司判決友人為車禍的元兇，友人曾打電話給這位真正的禍首，結果對方完全否認事實，前後判若兩人的說辭與行為，使友人從此對美國人完全不信任。他說，連高知識分子的大學教授尚且如此，更何況是一般市井小民。

　　美國人自幼未曾接受任何禮教或道德課程的薰陶，若再加上家庭教育與學校教育的缺失，就正如中國《三字經》上所說：「人不學不知義。」而一個人知識水準的高低並不等於道德行為的優劣，在美國發生的各種匪夷所思、亂倫敗德的不齒事件，那些簡直連禽獸不如的人，也許美國唯有藉宗教來淨化人心，喚醒人們的良知。

美國社會有許多身居高職位的人，往往並不因他們的學識（knowledge），而是他們待人處事與人溝通的能力（their ability to deal with people）。正如一位人際關係專家所說，你的形象與晉升靠你的溝通技巧勝於你實際的能力（Your image and advancement depend more on your communication skills than on your actual ability.）。

有的中國父母對孩子限制過多或太過苛責，在大人面前，不允許孩子表達自己的意見，不准多嘴，更不可以回嘴（talk back）。孩子的話不被父母尊重，父母從不肯站在孩子的立場去看事情，認為小孩說的話都是些胡言亂語，當孩子若說錯話時，立即遭到父母的斥喝或譏諷，懾於父母的威嚴，久而久之孩子就不願再開口了，漸漸地對自己也失去了信心。

特別是個性較內向（introvert）的孩子，總希望獲得別人的認可（acceptance）與鼓勵（encouragement），父母更應多鼓勵孩子，培養、建立他們的信心，需給予孩子更多機會去表達他們的意見與感情（Parents need to give their kids more chances to express their ideas and feelings）。父母可讓孩子參與簡單家務或與孩子一起遊戲，藉機詢問孩子的想法與意見，在與孩子輕鬆相處的時刻最容易引發孩子開口說話的意願，即使孩子的想法不對，父母應尊重孩子們的意見，不要馬上去更正或否決他們

（Parents should respect their children's ideas and not to correct or deny them right away.)，不妨先耐心地傾聽孩子的意見，也許父母能由孩子的話語中更進一步瞭解他們的思想，然後父母可以再委婉地對孩子溝通、解說、指導正確的方向。

美國小學生，他們每年都有義賣糖果為學校籌款的活動，這正是一個讓孩子有機會練習向鄰居、陌生人兜售糖果的經驗。記得女兒第一次義賣糖果時，她說話的聲音小得幾乎沒人能聽到，經過我們一家人的鼓勵助陣，她對自己愈來愈有信心，後來竟然不准我們跟在她後面助陣了，她要獨自去賣糖果。賣完整盒的糖果之後，女兒高舉著裝了錢的空盒，向我們大家炫耀她單槍匹馬立下的戰績。所以很多內向個性的孩子，若能夠有學習、磨練的機會，他們一樣可以做得很好。

孩子小的時候，我曾到書店買一些與人溝通和相處的書籍來教導孩子，同時與孩子一起閱讀、討論和演練。暑期也特別讓孩子參加一些幫助他們成長的暑期訓練班，讓孩子及早學習到與人溝通的知識、技巧以及培養、發展做一個具有領導能力的人（a person with leadership skills），這些人際關係的學習與磨練，孩子的一生都將受用不盡。

Job Stress
工作壓力

記得剛來美時，年輕氣盛，不知世道艱難，所謂「初生之犢不畏虎」，雖然美國的生活節奏很快，但也能夠很快就找到了工作，快速地適應、安定下來。直到工作數年後，身體經常感到勞累不適，到醫生那做了各種檢驗並無任何不妥，結果醫生的診斷是「工作壓力」(job stress)造成的病因。當時對我來說工作壓力簡直是一個從所未聞的新名詞，我竟不以為然地幾乎大笑起來，幸好我的家庭醫生是一位出自醫生世家的很有風度和愛心的好醫生，他一本正經地告誡我要用正面的方法來舒緩工作壓力，我也只有半信半疑地聽從醫生的指示。

在美國生活和工作多年後，才終於明白了為什麼在美國工作壓力大。原來美國是一個崇尚競爭的社會，競爭的最終目的是為了出人頭地，追求成功，然而在競爭的過程之中必定會帶給人很大的壓力。美國人的工作時間比多數工業化國家都長，比德國人至少要多工作兩個多月。美國人由於工作的時間長，休閒的時間少，心理上感受的壓力相對也加大。在

工作場所，我們可以經常聽到有人說，我真的（因壓力）累垮了（I'm really stressed out.）。所以美國的許多公司內部都提供員工壓力管理課程（Stress management workshop），就是希望能提高他們的抗壓能力（to raise their tolerance for stress）。

在工作場所的工作壓力是一個嚴重的議題，它會造成健康與個人的問題（Job stress in the workplace is a serious issue that can cause health and personal problems.）。有些屬於高壓力的工作（high-stress job）例如當警察，雖然說他們也有固定的上下班時間，但其實是二十四小時待命。數年前，華盛頓州的達可瑪市的一位警察局局長就因工作壓力太重，造成殺妻後自殺身亡的慘劇。由此可見過度的工作壓力對人的身心是絕對有害的。

著名的世界首富比爾蓋茲所創辦的高科技微軟公司，是一家眾所周知十分具有壓力與挑戰性，獨霸一方的電腦王國，每年高薪網羅聘用全美各地的電腦高科技精英，為微軟公司效力。許多剛由學校畢業的大學生，他們都以能成為微軟公司的一員為榮，同時也認為，這是一項對自我的最大挑戰。然而每個人應付工作壓力能力不同（Everyone's ability to handle job stress is different.），有些人就因無法承受工作壓力而離職；而有些人為微軟公司辛苦拚命工作十餘年後，為保自身的健康，他們寧願選擇提早退休或變換跑道。

數年前，小女剛由哈佛法學院畢業，曾受聘於一家全美最具威信的律師事務所。能被此公司聘用是一項至高的榮耀，公司支付員工相當優厚的薪資與福利，公司內另設有健身房，備有私人廚師，出差時可享有一流的食宿招待，如此厚待員工，只不過是希望所有員工都能卯足全力為公司賣命。公司還貸款幫助員工購置房屋，有些人僅工作幾年就可擁有百萬華屋，習慣於高水準的物質生活享受後，從此只好為錢拚命工作。不過世上並非每一個人都願意做金錢的奴隸，小女在此律師事務所工作了三年後，轉至另一工作崗位，她認為生活的品質遠重於金錢（She thinks that the quality of life is more important than money.）。

許多人都以為自己的抗壓性很強，我可以應付很多的壓力（I can handle lots of stress.）。許多醫生與專家都強調，生活與工作的壓力經常是不自覺的，當超過一個人能力所能負荷時，就會帶給我們身心很大的負面影響，與壓力有關的疾病（stress-related illnesses），例如高血壓、心臟病、胃潰瘍、失眠、神經衰弱、過敏、皮膚病以及肥胖病等等。

所以醫生專家告誡我們要採用積極及正面的方法來舒緩壓力。在工作之餘多培養一些個人興趣與愛好，交幾個能談心、傾吐的朋友，或者聽聽自己喜歡的音樂，以及適度的運

動，都是有效的舒解壓力方法。絕對要避免以消極負面的行為來減壓，如暴飲暴食、家庭暴力行為、酗酒、抽菸或吸食毒品，這些有害健康的不良行為，反而帶給自己更多的困擾與麻煩。

在美國的華人內心非常缺乏安全感，畢竟生活在他鄉異國，人生地不熟，若遇到任何困難往往求告無門，而美國是一個法治的國家，華人很容易在不知情下而觸犯了法律。加上不少華人因語言不通，找工作不易，時常會擔心害怕失去工作，交不出房租，生活將陷入絕境，所以凡做任何事都小

筆者在美國南加州 Santa Monica 的海邊騎自行車，不僅是一種享受，更可健身。

心謹慎,每天的生活誠惶誠恐,內心承受過重的壓力,長時期下來健康日漸受損而不自知,一旦情況嚴重,就可能造成身心上不可彌補的傷害。

由於媒體、電視、電影的誤導及社會的正確宣導不足,使許多華人誤以為美國遍地黃金,等到了美國之後才恍然大悟,怨聲載道、抱怨美國的種種不是。華人為了面子或其他原因無法回頭,他們寧可在異鄉受苦一輩子,有些人甚至因無法適應、痛不欲生走上自殺之途。這些都是因生活環境的改變與文化衝擊帶給人無法負荷的壓力所造成的悲劇下場。

華人必須事先瞭解生活在語言與文化截然不同的美國,每一個華人或多或少要承受各自不同生活的壓力,在美國掙錢並非如想像中的容易,經常要去面對的許多食、衣、住、行、醫療保健、各類保險以及語言、孩童教育等許多繁雜的現實問題。所以美國的生活並非人人都適合,有心移居美國的華人都應在未來美之前預先有充足的心理準備,等來到美國後,才能泰然處之,心平氣和地在美國立足生活。

Job Security
工作保障

　　經理以上的高級主管為保障自己的職位，他們就必須督促下面的職員，若業績不好，往往職位高的會首當其衝遭到解僱（lay off），尤其當經濟不景氣或公司業務衰退時，人人都有一種憂患意識，不知那一天進了辦公室就被解僱。最讓人無法忍受的是，在某些特殊情況下，公司在準備解僱員工之前，會先請員工到人事室（personnel office）走一趟，然後再由公司指派人員或安全人員陪同，請員工去收拾辦公桌，交出屬於公司所有的公物、證件和文件等，把一些私人用品裝入紙箱後，在指派人員陪同之下走出辦公室大門，好像是押解罪犯（criminal）一樣，毫無情面與個人尊嚴可言，由此可見美國人的冷酷無情。但唯有如此公司才可防範員工因憤怒而損壞或偷竊公司重要文件的報復行為（vengeful behaviors）。

　　一位老中友人在一家很大的私人企業擔任高級主管十多年，也曾遭到如此待遇，這件事對他的殺傷力很大，一氣之下還大病一場。但這種事對老美來說早已司空見慣，不足為

奇，還可以另謀高職。特別是年輕人，他們把工作當成找另外工作的墊腳石（They see their job as a stepping stone to something else.）。

剛到美國時覺得一切都很新鮮、有趣，認為美國人客氣、多禮並不難相處，但那只是對老美粗淺的浮面認知而已，經過許多年後我才漸漸體會出中西文化之間的大不同。特別是來美的前幾年，一切都在黑暗中摸索，同時也在錯誤中學習，其間難以言喻的艱辛與苦澀，非身歷其境的人是難以體會的。如今我竭盡所能地把自身在美國生活與工作的經驗寫出來與大家分享，讓大家更進一步瞭解美國的文化，以增強在美生活的適應能力，減少一些因文化差異而產生的誤解與困擾。

在美國工作經常會有被公司辭退的可能，所以在美國人們非常重視工作安全保障（job security），要讓上司知道自己有學習動機及興趣，這就是表示自己有能力把工作做得更好。有位老美同事工作努力且認真，凡有難度高的工作她總自願搶著做，她曾表示自己如此努力完全是因要保住她的飯碗，她這種做法讓別人認為，她別無事做只知工作（She has no life outside of work.）。儘管有人一直很努力地工作，但在保障及提高公司利潤的政策下，仍遭到被解僱的命運。

愈是在關鍵時刻，才愈發彰顯出中美文化與價值觀的不

同，人的思想與行為就完全不同。英文裡有一句話，「如果
打不過他們就加入他們（If you can't beat them, join them.）。」有些老
美爭不過別人時就乾脆豎起白旗認輸，他們也不會覺得不好
意思；而我們老中則把面子看得太重，若真的被公司降級或
解僱，可能因此感到忿忿不平，認為是一件奇恥大辱的事。
其實老美是對事不對人，他們只不過照規定辦理公事，不如
學一學老美樂觀瀟灑的態度，此處不留人，必有留人處。天
下沒有走不通的路，人生的道路有時雖然崎嶇難行，也許正
好是柳暗花明又一村。有許多被解僱的人，他們一時找不到
工作，乾脆自己創業，後來反能夠闖出屬於自己的一片天。

　　自「九一一」事件後，美國經濟已漸不景氣（in a mild
recession），由美國勞工部（The United States Department of Labor）的勞
工局發布的統計數字，裁員已在增長（Layoffs have increased.）。在
美國的許多大的公司行號，當勞資雙方談判聘任契約不合
時，就有罷工（on strike）的情形發生，連學校老師都因要求加
薪未遂而罷課，老師們每人手舉著各種不同標語、口號的牌
子在學校附近遊行爭取權益。罷工雖說有時是必要的，但堅
持太長的日子對勞資雙方都是不利的，且會造成社會的混亂
不安。幸好維持社會和國家治安的警察與軍人是絕對不可以
罷工的。

I'd like to open a savings/ checking account.
我想要開一個儲蓄／支票帳戶

銀行與現代人的生活是息息相關的，老美購物大都喜歡使用信用卡（credit card）或個人支票（personal check），有些老美竟連購買一個價格才一、兩塊錢的小東西都要寫支票來支付。過美國式的生活，信用卡是必要的（Credit cards are essential to the American way of life.），他們不習慣在家裡或身上存放大量的現金（cash），而我們老中則喜歡把錢藏放在家中，或身上經常攜帶許多的現金，這種特有的習慣連小偷和搶匪都瞭若指掌，他們喜歡到老中或東方人的家中行竊，食髓知味後，竟會對同一住家作案數次。有些老中在美國社會太過炫耀自己的財富，身上珠光寶氣、穿金戴銀或身邊持有巨額現金，容易招人算計。我們老輩不也常耳提面命，財不露白！

筆者一位定居加州的富商女友，多年來，總是開著她那一部不起眼的二手汽車，記得數年前我到加州遊玩，女友前來接機，正值夏季烈日當空之際，車外溫度已接近人的體溫，車內的冷氣又不夠，我只好搖下車窗散熱、透氣，正好一部

最新型的小跑車與我們並駕齊驅，也許一時熱昏了頭，我對女友說，以妳的身價要開部這樣的車才像樣啊！女友用眼睛瞄了一下我手指的那部車子，然後對我說，妳們這些讀書人，一點都不懂現今社會的醜陋險惡，我是一個單身女子，開一部太耀眼招搖的高級車只會給自己增添無謂的麻煩而已。經她如此一說，我才恍然大悟地「哦！」了一聲。

此時女友正好把車開到一家銀行的停車場，女友順手抓起一頂破草帽戴在頭上遮陽，我趕快把自己手上拿的較好的一頂大草帽交給她說，到銀行辦事還是帶頂像樣的帽子吧！女友對著我搖搖頭笑著說，銀行的人不在乎顧客是否衣衫襤褸，他們比較關心客戶銀行存款的數字。果真不錯，女友才剛走進銀行大門，裡面的經理早已笑容可掬地迎上前來問候招呼了。女友對我擠了擠眼，意味她所言不虛。

一般說來，美國銀行櫃台的行員（teller）或是銀行基層員工的薪資都不高，所以銀行工作人員的流動性較大，若是剛到美國找工作，不妨可到各大、小銀行去試試運氣，而且可以先在此找一份臨時工作（a temporary job），等工作熟悉之後就很容易找到一份全職工作（a full time job）。

有一句有趣的銀行小笑話說，當你不需要錢時銀行最愛借錢給你；當你需要錢時銀行反而不借錢給你（Banks love to lend

I'd like to open a savings/checking account.
我想要開一個儲蓄／支票帳戶

you money when you don't need it. When you need money, banks don't want to

lend to you.）。相信許多人都會有這樣的經驗。

《在銀行經常使用的名稱、例句》

Deposit slip 存款單。

Withdrawal slip 提款單。

Current account 活期帳戶。

Individual account 個人帳戶。

Joint account 共同帳戶。

Traveler's check 旅行支票。

Maturity 到期。

Compound interest 複利。

Early withdrawal penalty 未到期就領款的罰金。

What's the exchange rate today? 今天的兌換率是多少？

Can I rent a safe deposit box? 我能租用一個保險箱嗎？

How would you like your money? 你要怎麼換你的錢？

I'd like 6 tens and the rest in small change. 我要六張十元，剩下的給我零錢。

I'm just looking.
我只看看而已

　　一日，前去探望女友年屆九十的高齡老母，她抱怨兒女們不關心她。話說數年前，她已八十五歲，因雙腿無力而不良於行，孩子們卻逼她要她自己起來行動，結果老人家認為兒女不孝，為爭一口氣，她每天咬緊牙關苦練走路，後來竟能持著手杖再度行走。由此可見即使年紀已老邁仍是具有某些生命的韌性與潛能。

　　一位居住在美的老中小姐，某日到超級市場（supermarket）去買菜，在櫃台排隊算帳時，與前面一位八十多歲的美國老先生閒聊。老人雙手捧著一大盒的新鮮草莓（strawberry），身旁的女兒除了為老人付了帳之外，自始至終都由老先生自己捧著那一大紙盒的草莓，一步一步，緩緩地走向停車場（parking lot），而老人那位年輕力壯的女兒卻一直尾隨在後，根本沒有插手去幫忙的意思。這位老中小姐目睹這一切情況後，心中深感忿忿不平，她簡直不敢相信，老先生的女兒竟如此大不孝，感慨之餘寫下一篇批評不滿之文。筆者讀到這一篇文章

時，不禁頻頻搖頭，我不責怪這位老中小姐的片面責罵，她可能是一位新移民，尚且不太瞭解美國的文化。

殊不知老美他們自幼就養成了獨立的個性，凡是自己能做的事都不願假手於他人，即使等到他們年邁體衰（old and feeble），只要認為身體還能支撐得住，就不肯輕易去接受別人的幫忙與憐憫。老先生的女兒正因關愛父親，所以尊重父親的選擇，她認為父親雖已年高體衰，但他還是一個獨立有用的人（He still is an independent person.），因此她才刻意不去插手幫忙的。

我們老中講孝道，父母親年老了，兒女就應該照顧他們，不能再讓他們做太多的事情，只希望二老能夠在家享享清福，安度晚年，有些兒女甚至還會好心為父母在家購置一台大型彩色電視機。殊不知如此養尊處優的生活，可能已剝奪了他們生命中的鬥志與潛能，如此反會加速父母的衰老與退化，老中兒女孝順的結果可能還適得其反害了他們呢！

我們每一個人都期望受到別人的尊重，人老了依然是很希望做一個獨立有用的人，藉以維護自己的尊嚴。每一個人都會有衰老的一天，屆時也同樣希望能夠受到別人的尊重，生活在我們周遭的老人都將是我們未來歲月的借鏡。

無論中外，上超級市場購物，已是現代人生活中不可缺少的一部分。美國人生活在一個快步調的社會（American people are living in a fast pace society.），許多人已進步到上網購物（shop online），包括購買食品與生活日用品。美國各大超級市場的規模都很大，商品豐富，營業時間長，還有二十四小時營業的，並且有網址和專門負責送貨的員工與車輛。一家超市的廣告詞就是：在家購物，我們送貨（Shop at Home. We Deliver.）。美國工作忙碌的高收入者，為節省時間，有些人已採用此方式購買生活日用品。

美國的超級市場販賣種類齊全的各樣食品、家庭用品與雜貨，可由閱讀各大報紙或當地報紙，得知各超市每週推出特價的食物或商品項目。購物時可使用剪下的報紙刊登的折扣券（coupon），在美國許多會精打細算過日子的家庭主婦都非常善於使用折扣券，一年即可節省一大筆的費用。如果登廣告打折的貨物，在未滿打折的期限已售完時，顧客可以要求商

西雅圖市區有供遊客乘坐的馬車。

店簽發一張憑證（rain check），待下次商店有貨後，再持此憑證購買貨物，一樣可以享有同等折扣的優惠價格。

購買好物品之後，就到收銀台去排隊付款，購物者要自己動手把物品由購物手推車（shopping cart）中拿出來放到櫃台上，再用一隻短棍來區分其他顧客購買之物品，收銀員就會問，你想要如何付款（How would you like to pay?）？最簡短的問法，要付現金或信用卡（Cash or charge?）？你可回答說，我付現金（Cash, please.）。另外收銀員還可能問你要用紙袋（paper bag）或塑膠袋（plastic bag）？最簡短的問法，紙袋或塑膠袋（Paper or plastic?）？有時收銀台擁擠，可以利用快速線（Express lane），這條快速線只限定購買少數幾樣東西的顧客使用。

記得母親剛來美時，她僅能說幾句簡單的英文，每天她都喜歡獨自到超市或商店去逛逛，不管店員對她說什麼話，母親最拿手的一句回答就是，我只看看而已（I'm just looking.）。母親總是得意地說，這句非常管用，有時她只記得說 **Just looking** 也一樣有效，店員就不會再來和她囉唆了，她可以輕鬆自在地到處逛。

《其他例句》

I'm just browsing. 我只看看而已。

I'm just looking around. 我只是到處看看。

I'd like to return / exchange this.

我要退貨／換貨

　　美國許多大百貨公司（department stores），商業機構或是以服務業為主的行業，他們為爭取更多的顧客，都非常重視顧客服務的品質，保持顧客永遠是對的信條，只要顧客對購買的物品不滿意都可以隨時退貨，我要退貨／換貨（I'd like to return /exchange this.）。每家公司有各自不同的退貨規定（return policy），一般來說退貨是必須持有收據（receipt），在規定的限期內都可以獲得全額的退款。若沒有收據就不能退貨，但可以換貨。

　　美國的一家連鎖店（chain store）**NORDSTROM** 就是一家以商品退貨信用最佳取勝的百貨公司，只要顧客退貨，此公司照單全收，連任何徵求意見的問話：「你為什麼不喜歡這個？」（Why don't you like this?）之類的話都不會問，他們的目的是讓每位顧客再度光臨（Their goal is to make every customer a repeat customer.）。美國還有一些由祖輩傳至孫輩，頗具信譽的家族式小型企業，顧客就像他們的朋友一樣，這些商店有非常親切的服務態度，讓顧客有一種被重視的感覺，所以十分受到鄰

NORDSTROM 是一家連鎖百貨
公司，擁有最佳的退貨信譽。

近居民的喜愛與支持。

我的一位老美鄰居，她總喜歡到家附近一家小雜貨店買東西，那家的東西比大店要貴一些，我好奇地問她為什麼不到大店去買？她說因為那家店就像是我們的鄰人一樣的親切，又帶給我們不少方便，雖然東西比大店貴一點，我們應該支持他們，這家小店才能夠繼續生存下去。自此之後，我們也變成小店的常客了。這一點是值得我們老中深思、學習的。

「顧客永遠是對的」(The customer is always right.) 這句話倒也不見得完全是對的，有的顧客買了即時所需的物品，用過之後，又來退貨，這種是純屬投機取巧的顧客。偶爾也會看到一些蠻橫不講理的顧客，得理不饒人地在那兒爭執吵鬧，尤其是有信譽的大公司也不願因小失大，生意人都講究和氣生財，大公司都有他們自己的行銷作業準則，這些擺明了故意找碴或貪圖小便宜的顧客，只好由公司經理出面解釋道歉，蠻橫的顧客才悻悻然罵著粗話離去。但畢竟這類顧客僅是少數。

　　有些不肖之徒，專門利用大公司這種息事寧人的弱點來訛詐對方獲取金錢的賠償。在美所發生的各形各色案例不勝枚舉，有人因而食髓知味，採慣用的手法繼續尋找不同的公司行號行騙，不過法網恢恢，劣跡終有敗露的一天。

　　大多數的人都是欺善怕惡的，若顧客對服務人員不滿時，不妨先問他／她的名字（What is your name, please?），如此一問，服務人員自知無法推卸責任，口氣自然就會緩和一些，然後可以找他們的經理（then ask to see the manager）。如果經理不在，就把日期、時間和當時情況記錄下來，以後再打電話或書面追究。其實公司經理大都訓練有素，他知道如何巧妙地應付各種不同的顧客（a variety of customers）。

　　我有一位朋友在收繳汽車罰款的部門工作，收款的職員只不過是在執行他們工作，可是有些被罰款的顧客就會把怨氣發洩到收款員的身上，所以這些部門收費處都裝置了防彈玻璃窗（bulletproof window）。工作在這種環境下的壓力很大，經常要挨顧客的責罵，長期處於這種負面的工作環境（negative working environment），易對人感到厭倦失望，久而久之人也會變得麻木不仁。所以一個人的工作環境是很重要的，它會大大地影響人的心情與身心的健康，為了多賺一點錢而損害自己的健康是很不划算的。

177

　　有一位非常虔誠的基督徒老美女同事，她非常有愛心，總是提供最好的服務品質，不管面對任何蠻橫無理的顧客，她永遠是笑臉迎人，再三道歉，能有她這種修養與寬容精神的人實在不多。我十分佩服那些有愛心、耐心的工作人員的服務精神，畢竟這樣的工作並非是每一個人都能勝任的。

　　有時我們也可能會遭到他人的藐視，尤其是身材嬌小的東方女性，受到不平等待遇的機會就比人高馬大的男性多，同樣的一件事，有可能會受到完全不同的服務和對待。碰上一個有愛心的好服務員與態度惡劣的服務員，待遇真有天壤之別。

　　筆者在美國有十多年顧客服務的工作經驗，因此對老美更加瞭解，知道要如何與他們溝通、協調。而溝通和協調是要講求方法的，大多數的美國人已養成「對事不對人」的做事態度，有意見就要大聲說出來，不像我們中國人愛講面子、怕丟臉。凡事不要不好意思，在美國生活一定要能夠據理力爭，如此才能避免一些不公平與不愉快的事件發生。

《實用例句》

I'm looking for a coat. 我正在找一件外套。

I'll take this one. 我要這個。

Is pink the in color this year? 粉紅色是今年的流行顏色嗎？

Do you carry other colors? 你有其他的顏色嗎？

May I try this on? 我可以試穿嗎？

What are we celebrating?
我們在慶祝什麼？

　　大部分的美國人都喜歡藉著特殊事宜來慶祝一番（Most Americans enjoy celebrating special occasions.），每逢辦公室有人過生日、結婚、生子、升職、離職、退休等，外加各種國定的節日，總會有人自動邀幾個愛湊熱鬧的人來開個派對（party）。我認識一位資深會計師從來不參加任何派對，當然被眾人指為「反社交」（anti-social）。在外國作客參加社交應酬，其中若有一個人不懂中文，大家都應用英文交談，或者要停下來翻譯給別人聽，這是社交應酬上的一種基本禮貌。

　　有一則諷刺性的笑話講老美愛開派對：一位女士邀請幾位朋友到她家來開個派對，有人問，我們在慶祝什麼？（What are we celebrating?）她回答說，我們慶祝今天的白晝比昨天多一分鐘（We are celebrating because today's daytime is one minute longer than yesterday's.）。所以任何理由，對愛開派對的人說來都是一個好理由。

　　剛來美時，我很快就找到了一份工作，才做了一、兩個

月，就被邀請參加為同事瑪莉即將分娩所舉辦的一個 Baby shower。當時我才移居來美數月，全然不知 Baby shower是怎麼一回事，乾脆去找瑪莉本人問個明白，順便問她家如何走法。正巧那天瑪莉沒來上班，我想不如就問一下她鄰桌一位和藹可親、年長資深的美國女同事 Lucy。她告訴我，Baby shower 就是女性朋友們為懷孕的女友在即將分娩的那一個月舉辦的，大家會送些嬰兒用品之類的禮物給即將誕生的嬰兒，同時也是給她一個意外的驚喜。原來是如此，一問之下才明白自己竟幾乎是惹了禍，直到多年後 Lucy 還拿這件事來和我開玩笑。

一日，女友邀請一些老中友人在家吃了一頓豐富的晚餐，事後，她的美國先生一直在家等待郵件，幾個星期後他終於忍不住問說，我們怎麼都沒收到一張妳中國朋友寄來的謝卡呢（How come we haven't received any thank you cards from your Chinese friends yet?）？女友才連忙解說，中國人沒有這種習俗（Chinese people don't have this custom.）。

美國人是有這種不成文的禮貌和習俗，若到朋友家吃飯，客人回去後會禮貌地寄給請客的主人一張謝卡以表達致謝之意；或者親朋好友幫了忙，被幫助的一方定會寄一張謝卡給提供幫助的人。

　　老美喜歡這種互相寄送卡片的習俗，特別是在辦公室裡，有人過生日、離職、退休、婚喪喜慶都要贈送卡片。這些卡片種類很多，在任何超市都可以買到，選擇很多，有各式各樣的漂亮圖案：風景、人物、動物和各種有趣的圖片，再加上溫馨、細膩感人和逗趣的文詞、字句，的確是頗具人情味的。

　　剛來美國時，我很喜歡逛商品店，許多非常有趣、頗有創意的卡片，真是五花八門，琳瑯滿目；而那也正是一個學英文的好機會，欣賞許多有趣的英文句子的同時，可以隨意買些不同場合所需的卡片送人，十分有趣。

　　很多文具百貨店都有出售卡片，可以很方便購買到，偶爾臨時要找一張有趣合宜的卡片還真是需要用一點心思去找，不妨買一些有趣的卡片留存起來，也許會有用到的時候。一位老美同事她有收集各種卡片的嗜好，適合各式各樣的情況時節，而且非常有趣、幽默的卡片，每當辦公室裡任何人需要卡片時，她都會很樂意與大家分享她的卡片存貨。

　　在美國，有一家人人皆知的 **Hallmark** 公司，他們出售許多性質、類別不同的卡片，種類、花樣最多的就是生日卡（Birthday card），為適應不同購買者的需求，有各式各樣頗具意義與趣味的生日卡出售。還有配合各項的事宜（occasions）或節

日（holidays）須採用不同類別的卡片，如結婚（Wedding）、祝賀（Congratulations）、康復（Get well）、同情（Sympathy）、友誼（Friendship）、想你（Thinking of you）、謝謝（Thank you）、退休（Retirement）、鼓勵（Encouragement）、再見（Good-bye）、新居（New home）、母親節（Mother's Day）、父親節（Father's Day）、情人節（Valentine's Day）、聖誕節（Christmas）等等的各類卡片。

Hallmark 在美國是人人皆知的一家卡片公司，花樣最多的就是生日卡（Birthday card），還有如結婚（Wedding）、友誼（Friendship）、想你（Thinking of you）、情人節（Valentine's Day）、聖誕節（Christmas）等等的各類卡片。

Renting an Apartment
租公寓

　　十多年前，我曾幫一位來自中國的友人在西雅圖城內找房子，好不容易找到了一間大小、地點、租金都很合適的房屋，然而房東卻不肯出租此屋，原來房東是一位德國老太太，人很固執，她寧可把幾間房子空下來了半年多，也不肯隨便把房子租給不可靠的人。由於友人當時還尚未找到合適的工作而無穩定收入（stable income），結果我為了達成這位友人的心願，就大膽做了擔保人，但德國老太太還是老大不願意的，我盡量遊說她，又對她說，她可以先調查我的信用與工作資料後，再做決定。這位德國老太太果真打了幾次電話到我的辦公室來徵詢查證。當然這個交易就此圓滿完成了。

　　許多人剛來美時受人幫助，日後發達了卻如斷線的風箏，音訊全無。人不能完全只想到自己的利益，雖說「施恩勿念，受施莫忘」，但人與人之間應要相互幫助，尤其是當自己生活有餘裕時，應懂得回饋社會，這個社會才能更進步更文明。

　　美國的生活步調快速，工作壓力也大，暫時借住親戚朋友

處，到底並非長久之計，來美長期居住必定要有一個安身之處，可由親友介紹、看報紙的分類廣告（Classified Ad）、當地的報紙（local newspaper）或是向租賃公司詢問。

剛到美國人生地不熟，對於租屋不要隨便就很快作出決定，結果搬進房子之後，才發現房子和周遭環境並不如想像中那麼合意，有時會造成許多意想不到的枝節問題。所以要租屋首先應考慮到住家環境的各項安全問題，還有居住區域的交通是否方便，若有學齡兒童，校區是否優良等的問題都是十分重要的。

在美國租屋可以選擇住公寓，有的是附帶家具的公寓（furnished apartment），有的是沒有家具的公寓（unfurnished apartment），或者可以租一所獨門獨院的房屋（house），這都要視個人的經濟能力與需求而定，無論是租公寓或房屋，兩者都各有利弊之處。住在一大棟公寓中的分子較為複雜，一般美國出租公寓都是用較差的材質隔間，有時會受到四周鄰居的音樂、電視、喧鬧聲的干擾。獨棟的房屋比較有自我的安靜空間，不易受到鄰居的打擾，不過租金與其他住屋費用也會高些。

美國的法律保障房客的合法租賃權益，並保障房屋的適住性，住屋內要安全可靠，必須包括暖氣（heater），廚房一定要

有電冰箱（refrigerator）、爐子（stove）等基本設備。租屋都必須先付訂金，租房時雙方要簽一個租屋契約，入住時要憑契約檢查房內設施是否完好，否則應要求修理或換新，退房時也必須確定一切完好如初（Everything is in good condition.），房東才願退回押金（security deposit）。

《實用例句》

I'm looking for a two-bedroom apartment. 我在找一個有兩間臥室的公寓。

How much is the rent? 租金是多少？

What is the monthly rent? 一個月的租金是多少？

How long is the lease? 契約期有多長？

Is the apartment furnished? 這公寓是否附帶家具呢？

著名的美國影片《西雅圖夜未眠》（*Sleepless in Seattle*）在此水上住家拍攝。

See you in court.
法庭見

　　美國是一個法治的國家，也是世界上律師（lawyer）最多的國家，每年由學校畢業出來幾萬名的律師，名校的法律系學生，他們在學校尚未畢業前就已經被一些大公司爭相網羅聘用，相對地，一些較差學校畢業的法律系學生同樣也會面臨找不到工作的困擾。

　　名校與非名校畢業出來的律師，他們之間的待遇都不一樣，甚至還有不同等級的公定價碼呢！難怪大家都拚命要往名校擠，能夠進入名校猶如是取得了一份終身的工作護身符。執業律師因名氣的大小，索價高低與方式都不一樣，有的按件計酬，有的打贏官司後，再按賠償金額的比率收費。有些律師把一小時分為十或十二個單位，最基本的收費是一個單位，僅說一句話，也必須支付一個單位的金額。所以有人說笑話，最好不要隨便打電話給律師，當電話鈴聲一響，他已按下計時器，到時候一份計時談話費的帳單就會寄到貴府。

　　我們老中比較不喜歡打官司，認為做人做事應以和為貴，

讓大事化小，小事化無，能息事寧人最好。老美卻不這麼
想，有的老美投機分子只要逮到機會就找對方打官司，據說
還有可以靠此方式過日子的人。有些沒正義感的律師只要有
利可圖，為僱主辯護，善惡不分，可以昧著良心做事，硬是
可以把黑的說成白的，一心只求勝訴而已。所以打官司在美
國變成一種不良風氣，顧客告商店、職員告老闆、學生家長
告老師，如今連醫生們都經常會被他們的病人告（Now a days,
even doctors are often sued by their patients.），醫生為保護自己的權益而
買保險，例如華盛頓州的醫生必須支付高額的保險費，一些好
醫生都只好搬離此州，這問題已讓華盛頓州的居民深感不安。

在美國，什麼樣的奇怪官司都有，有的簡直是一些不明事
理、輕率的官司（frivolous lawsuits），特別是一些辦理個人傷害的
律師（personal injury lawyers），為個人利益（personal profit）各處刊登
廣告鼓動客戶告發醫生。如今為對抗這些不當行徑，許多人
已組織一個團體名為 Sick of Lawsuits，並試圖立法為賠償金
額設限，同時藉以教育大眾有關亂打官司造成的負面影響
（educate the public about the negative impact of lawsuit abuse）。

1994年6月，美國前美式足球明星辛普森（O. J. Simpson）涉
嫌殺死前妻，辛普森聘請全美知名的幾位大律師組成的律師
團，加上許多專供差遣、調度的小律師們為他共同打這一場

See you in court.
法庭見

官司，最後被宣判無罪（Not guilty）。辛普森雖打勝了這場官司，巨額的律師訴訟費用也讓他幾乎面臨破產之危。

老美是很愛打官司的，別看他們總是面帶笑容的，碰到利益衝突時就等著對簿公堂（See you in court.），或是說，我要告發你（I am going to sue you.）。這兩句話就如同是家常便飯，經常可以聽到的。在美國生活是需要具備一些基本的法律常識，害人之心不可有，而防人之心不可無，凡事不可掉以輕心，否則真的可能會吃不完兜著走。懂得基本法律知識是很重要的（It's is important to have a basic knowledge of the law.）。

若在冬季的下雪天，自家門前走道的雪沒剷除乾淨，害別人跌倒了，或者在自家宴客，有客人不小心在主人家門口跌倒，他們都可以名正言順地提出告訴，不要以為平日是有說有笑的朋友，事關緊要或有利益衝突時候，他們可以立即翻臉不認人。在美國發生的任何事情，只要能找到一點蛛絲馬跡的傷害理由都可以拿來告上法庭，所以凡事應小心行事，不要讓別人握有任何把柄。

記得初來美時，某週末，幫一位親戚出租房屋，走進一位彪形大漢，他聲言要立刻租下房屋，而且即刻自口袋中掏出一大把的現金，他執意要先預付三個月的租金，顯出一副咄咄逼人、勢在必得的惡霸樣。此時這位親戚早已不知所措，

188

情急之下我突然想到把律師的招牌搬出來，我十分鎮定地對他說：對不起！讓我給你我們律師的電話號碼，請你先跟他談。當時我的心裡七上八下的，不知這招是否真的管用，沒想到這傢伙竟然被我給唬住了，馬上就改口說，既然這麼麻煩，那就算了。見他轉身走開後，我和這位親戚才大大地鬆了一口氣。

　　美國律師良莠不齊，一般人對律師的印象不佳，所以消遣律師的各種笑話也多得不勝數算，一些英文笑話如下：

· **What's the difference between a lawyer and a terrorist?**

一個律師與一個恐怖分子有何不同之處？

You can negotiate with a terrorist.

你可以跟恐怖分子協商。

（喻律師比恐怖分子還可恨。我一位老美女友非常不喜歡這個笑話，她認為恐怖分子才是世界上最可恨的人。）

· **How can you tell when a lawyer is lying?**

你怎麼會知道一個律師在說謊？

His lips are moving.

他的嘴唇正在動。

（喻律師滿口謊言。）

Backseat Driver
後座司機

　　初來美的一日清晨，正趕著要上班，車剛開出巷口，有一個「停」的標誌牌（stop sign），因是上坡路，再加上陽光反射，車還沒完全停下來，只聽到一陣金屬碰撞聲，好像車子碰到什麼東西了。我下車一瞧，奇怪怎麼一部日式小跑車會停在大馬路當中，車後面的一個尾燈已被撞壞，只見地上有許多玻璃碎片，一位年輕白人男子正站在車旁，一看我下了車就對我說，妳的車撞了我的車。我一臉懷疑的神情望著他並反問道，我的車才剛開出巷口，而你的車卻橫在大馬路的中間，我的車怎麼會撞到你的車呢？這位年輕人還頗有教養，有禮貌地回答道，我的車就是被妳的車給衝撞到馬路中間來的。當時我自知理虧，幾乎要衝口而出道歉的話，此時腦海中閃出好友的忠告：在發生車禍的現場，無論是誰的錯，絕對不可以向對方說，對不起（I am sorry!）！這一句話說出口就有認錯之意，說不定會被對方敲上一大筆賠償費呢！

　　遇有車禍時，雙方都應以客觀的態度來面對此意外事件，

彼此相互記下對方的姓名、電話、地址、駕駛執照號碼和保險公司名稱，絕不可相信對方的任何友好承諾而私下解決，更不必與對方理論或爭吵，無論是誰的錯，你應該讓保險公司來處理此事（It doesn't matter whose fault it is.　You should let the insurance company handle it.）。

　　美國大部分的人都喜歡住在環境寬廣的郊區，那裡少有公共交通工具，沒有車根本就動彈不得。而且一家至少需要兩部車，夫婦各自開車上班，在美國這是一種非常普遍的現象，難怪有人說，在美國生活，不會開車就好像沒腳一樣的不方便，出門就得依賴會開車的人來接送。所以多數剛來美國的留學生或移民，最急速要學的事情之一，就是考一個駕駛執照（driver license），然後盡快購買一部車。在美國考駕駛執照要比在台灣或大陸都要容易許多。

　　有些年輕人不知天高地厚，根本也沒好好正式去學開車，借用別人的車，在週末的一大清晨，路上的行車最少，先到空曠的停車場練習開車，如此繞場練習幾次，接著很快就把車開上了馬路，照樣大膽地在熱鬧街道上行駛。我相信許多人都是如此把車學會的。美國高中都有正式開班的駕駛課程，不要為省錢而自己教孩子開車，非專業性的教導方法可能既不正確又不安全。

　　當然考前朋友都會很熱心地面授機宜，在美國考駕照似乎很容易，先考「筆試」（the knowledge test），通過後，然後再考「路試」（the drive test），都很容易就可通過了，當天就能拿到駕駛執照。接著下來就是買車，買保險。

　　每一個人開車的技術與習性都不一樣，在車上開車的人自然不太喜歡由別人在旁指指點點，教他怎麼開車，一會兒叫他開快點，或開慢點。自己不是坐在駕駛座上，卻喜歡坐在車上指揮開車的人，被稱為後座司機（backseat driver），這種人會讓開車的人感到厭煩或分心，也可能會影響到行車的安全。猶如那些自己不在其位卻又要謀其政，喜歡苛責、批評別人種種不是的人。

　　一位女友學會開車後，經常出些小車禍，幾次都是別人從她車後撞上的，我心中直納悶，一問之下，原來這位小姐開車時，她根本就很少利用後視鏡觀看後面車子的動向，這是很不安全的。開車不僅是要隨時注意到別人車子的動向，自己的動向也要清楚地讓他人預先知道，例如車要轉彎時，應早一點打方向燈，好讓後面開車的人有足夠的時間做必要的反應與措施，別人才不至因措手不及而發生車禍。

　　還有一位緊張型的女友，反應也比較遲緩，在她努力不懈的精神之下，終於在第八次的路試後拿到駕駛執照，她一直

一部難得一見造型奇特
的古董車。

「西雅圖海洋節」遊行
車輛。

這是一部外型亮麗的
Honda 新型跑車。

193

小心翼翼地開車。二十年來她祇有吃過一張罰單，是因為在高速公路上開得太慢了，被以妨礙交通之名開單的。女友不服，等收到罰單後，親自到法庭與法官當面解釋，當時是因天氣不佳，路況不好，開車不易，以考量安全為先，所以才減速慢行，她自認為是最守法的良民，未曾有過任何不良紀錄，法官相信她所說的話，因而網開一面未有任何罰款與不良紀錄。

在美國，任何不良的駕駛紀錄都會增加你車子的保險金額（In America, any bad driving records will increase your car insurance premium.）。若持有任何罰單都應該去法官那去解釋一番，法官大都會把罪狀與罰款酌量減輕一些。當然最好是平日遵守交通規則，做一個優良駕駛員，不僅省時、省錢、省事，更為保護自身的行車安全。

如果你在車型與價格上已經決定好的話，在美國要買一輛車簡直易如反掌。只需帶著自己的駕照和足夠的支付款項，汽車經銷商會為你辦理汽車所有的過戶手續，你只需在所有相關文件上簽名，即可成交。

買車是一件很費周章的事，可買一份週末報紙，找分類廣告（Classified Advertising）上面刊登有各式各樣的促銷活動的廣告。買車也有許多注意事項，要小心不要吃虧上當，最好找

有信譽的車商，特別是在購買二手車前，可參考各類的二手車價格指南，或由報紙的二手車分類廣告中選定目標，最好能找一個有買車經驗和懂車的朋友幫忙試車，或把車送到維修車行去重點檢查一番，在美國人工費用很高，所以修車費很貴，買車不可不慎。

《實用例句》

I am looking for a used car. 我正要找一部二手車。

I'd like to buy a compact car. 我想要買一部小車。

May I test drive this car? 我可以試開這部車子嗎？

We're in a traffic jam. 我們正堵在車陣中。

The traffic is very bad today. 今天交通狀況很糟糕。

This is one-way traffic. 這是單行道。

What's the membership fee? 會員費是多少？

AAA（American Automobile Association）
美國汽車協會。加入汽車協會會員可享有免費拖吊車及換輪胎的服務。

Pageant
選美比賽

　　女兒長大了，花樣也多了，每當她問我，是否可以參加美容班、美姿班，或者是選美之類的活動，我給她的答覆就是很清楚明白的兩個字：不行！我的理由是：「女孩子年紀輕輕的，最重要的事就是把書念好，不要把大好的光陰浪費在那些與讀書無關的無聊事上。」女兒一向乖巧，善解人意，也就不再多問了。

　　那年女兒十八歲，剛高中畢業，暑假期間她閒來無事和幾位同窗好友們抱著好玩嘗試的心情自作主張，報名參加了華盛頓州的妙齡小姐選美比賽，女兒由資格甄選（Qualifying round）到初選入圍（Preliminary round）之後，她才告訴我們，希望我們不要反對她繼續參加決選比賽（Final round），而且叫我們不用煩心，她已經把所有選美比賽的服裝都預備妥當，她很想參加這個選美比賽，藉此可以考驗一下自己的實力如何。既然如此，又正逢暑期，在不妨礙學業的前題之下，我想就讓女兒去試試，多一個學習的經驗也好，也就不再堅持和反對了。

　　記得選美比賽的當天，我與外子帶著家中的二老和剛自大
學畢業的帥哥兒子，我們浩浩蕩蕩，心情輕鬆愉快地就好像
平日一家人出外郊遊一樣，由外子開車駛向選美比賽的會
場。下了車，大家有說有笑地漫步走向會場，剛一踏入會
場，我才有所警覺，心中暗叫：「大事不妙！」放眼望去整
個會場數百個人，就只有我們五張東方面孔，而且還有不少
的人是穿著燕尾服（tuxedo），盛裝來參加的，手上並捧著一大
把美麗的鮮花，他們真的是有備而來的。此刻我心中已感到
十分的不安，這下可一點也笑不出來了，但也管不了這麼許
多了，「既來之，則安之。」心想我們女兒只是玩票的性
質，讓她來此多得些經驗而已，也不一定非要跟他們學樣，
何苦要把自己弄得如此緊張不安的，事已至此，也只好這麼
自我安慰一番了。

　　等到選美會中的每位佳麗都穿著耀眼華麗的晚禮服
（evening gown）出場時，我心中更是深感懊悔與慚愧，懊惱後悔
自己沒有為女兒買一件華麗體面的晚禮服，這的確是自己的
大意和疏忽，把選美活動太不當一回事了，才會掉以輕心，
讓女兒穿了一件並不太出色的禮服，而且禮服正前面的絲絨
還被我不小心給燙掉了一塊光澤。看著美麗可愛、儀態大方
的女兒站在選美大會的台上，讓我更加心疼女兒的柔順乖

巧，在這種情況下，怎不令我悔恨自責呢？更慚愧的是自己對選美的活動一無所知，又固執己見，所以才會對女兒參加選美毫不關心，也根本沒有多盡一份心力去和女兒溝通、商議應該如何幫助她做準備的工作，而把全部的責任都加諸於一個才剛滿十八歲女兒的身上，這的確是我身為人之母職責上的疏忽，要如何才能補救因我無知而犯下的過錯呢？當時心中真是百感交集，十分難過。

幸而真的是要感謝上蒼的垂憐，沒有讓我內疚一生，由於女兒在選美比賽時各方面的表現都十分優秀傑出，不但獲得了最佳人緣獎（Miss Congeniality Award），最佳才藝獎（Best Talent Award），最佳學業獎（Academic Excellence Award），更擊敗了六十多位的參賽者，榮獲了華盛頓州妙齡小姐的冠軍頭銜。女兒將代表華盛頓州，前往田納西州（Tennessee State）的首府納許維爾（Nashville），參加全美的妙齡小姐選拔（Miss America's National Teenager）。

有了初次在本州選美的經驗，我們才知道選美實在不是一件小事情，這次參加全國性的選美比賽，可不能再像上次在本州選美比賽那般草率與漠不關心了。雖然我們選美比賽的經驗和知識有限，但我們卻很用心學習，事必躬親，全力以赴地去幫助女兒做最充足完善的準備工作，這下子真是「如

臨深淵，如履薄冰」，戰戰兢兢地把選美當成一件大事在進行。女兒取笑我這老媽太過緊張了，好像是老媽要去參加選美似的。天下父母心，女兒豈知她老媽在上次選美時悔恨與自責的愧疚心情呢？同樣的錯誤是絕對不允許再發生的。

女兒榮獲華盛頓州妙齡小姐的頭銜後，也為我們華人爭光不少，因而聲名大噪，許多好友們及西雅圖的華人社團都給予我們各方面的支持與鼓勵，使得我們在全美性的選美比賽時，滿載著我們華人同胞無限的祝福與激勵，全力以赴地完成了這項意義重大、任重道遠的全美性選美比賽，選美結果女兒決賽入圍前十名（Top 10 Finalist），而且獲得才藝獎。我們相信女兒這次的選美經驗，是她一生中最難忘、最寶貴也最具意義的人生經驗，這些與眾不同的人生經驗增強了女兒的自信心，同時讓她的心胸與視野更加寬廣開擴，日後對於女兒申請進入大學和哈佛法學院，甚至在工作和事業上都有相當大的幫助。

過去我一直非常反對年輕女孩子參加任何的選美比賽，總認為選美是一件既奢侈且又無意義的事。然而「吾家有女初長成」，這次有幸能陪女兒參加全美的妙齡小姐選美比賽，才能有機會親自目睹全國選美比賽的經過以及接觸到參選的佳麗們和她們的家人，使我們對選美增加了不少見識。特別

女兒高中畢業那年選上華盛頓州妙齡小姐。

女兒與代表其他數州的妙齡小姐合照。

女兒參與全美妙齡小姐所穿的禮服。

是看到這一代的年輕少女，她們不但活潑可愛，善良熱情，美麗大方，對自己充滿了自信，對生活和生命更是充滿了信心和希望，她們真美、真可愛，此時此刻我才悟出這句「不羨神仙，羨少年」之意，年輕真好。這真是一次令人永生難忘的選美盛會，此次的經歷就如劉姥姥逛大觀園似的，總算是大開了一次眼界。真不敢相信自己過去對選美的看法竟會是如此的落伍與無知，人真的是「不經一事，不長一智」。此生有幸能陪女兒參加一次全國性的盛大選美比賽，也的確是給自己一次再教育的機會。

選美比賽對我們華人來說只不過是當作茶餘飯後一個點綴而已，小事一件，對他們西方人則非同小可，視選美為一件大事。他們的女兒自幼從三、四歲起就開始培養訓練，請專人名師指導，年年參加各種大大小小、不同性質的選美活動，選美成為他們的終身事業。有的家庭由祖父母、父母到兄弟姊妹們，全家老小各有職務，分工合作，如經營家庭事業一般，在選美會上猶如一支訓練有素的軍隊般，整齊劃一的動作，搖旗吶喊，聲勢逼人且扣人心弦。對於他們如此積極狂熱的做法，我雖不敢加以鼓勵和效法，但對他們這種合作無間以及熱衷參與和投入的精神，卻十分感動和欽佩。這就是所謂的西方式的選美精神，這種選美的精神有其更深一

層的意義，它反映出西方人豐沛的活力，愛突破，愛創新，有衝勁和熱衷參與的民族精神。

由於中西文化背景的不同，對於選美的看法與做法也自然是大不相同了，到底選美算是一件大事或小事呢？是否值得鼓勵或參與呢？每個人都有各自不同的見解，而我個人則認為選美應該是一項具有多重意義的正當活動，是值得我們大家來共同參與、支持與鼓勵。

其實參加選美的年輕女孩們，並非要天生麗質，美若天仙，現在時代不同了，對於美的標準尺度也不同於昔日，只要是五官端正，身材適中的年輕女孩都不妨給自己一次參加選美的機會，藉著這個比賽的活動來考驗磨練自己，這的確是一項十分具有挑戰性的比賽。

每一個參賽者（contestant）都必須付出她們全部的心力和體力來完成這項比賽（competition），在選美之前，她們務必要在服裝和才藝表演上，花下相當多的時間和精力去做萬全的準備工作；而最重要的乃是心理上的準備，有勇於向社會大眾表現自己優點的勇氣，站在五光十色燈光照耀的選美伸展台上，在千百雙觀眾眼睛的注視下，乃能從容不迫地以優美的姿態展示出自己最美好的一面，不僅展示外在的美麗大方，也藉著才藝表演以及機智問答，表現出自己的內涵、知識、

智慧和氣質，所表現的美是內外合一的美，秀外慧中的美，也是最高層次的美，這些都須要相當大的毅力與勇氣來接受這項挑戰，所有能夠有勇氣站在選美台上的競爭者，也無異於在人生的真實舞台上，已經向前邁進了一大步。

然而選美的真正目的並不在於它的成敗，乃是年輕的女孩子們藉此能多一個實地觀摩，學習與人公平競爭和與人相處之道，同時藉著這個比賽來磨練自己，以及激發自己有勇於接受挑戰的精神，考驗自己的實力，進而對自己有更深一層的認識和再一次地肯定自己的優點，增加自信心，這些寶貴的人生經驗都不是在學校和課本上所能學到的。

而這些寶貴的人生經驗，正是生活在現今美國社會中所必須具備的競爭的基本知識和能力，生活在高科技現代化的美國社會中，人與人之間的競爭激烈，想要閉關自守是絕對不可能的。衝突、競爭的本身並不可怕，怕的是不敢去接受、面對這種挑戰，而更可悲的是根本不知如何去應付這些挑戰。西方人崇尚自由，更推崇自由公平的競爭；而我們華人則崇尚儒家的思想，推崇謙恭忍讓的美德。我們的兒女自幼在家中受到中國文化的薰陶，在學校又直接地受到西方式教育的教導，生長在這個時代的孩子們，他們正首當其衝地受到中西文化的衝擊，他們所承受的家庭與社會的壓力很大，

有些意想不到的壓力更非我們這些自幼生長在農業社會，深受儒家思想教育的父母們所能想像與體會的。父母如何能夠與孩子有良好的溝通以及幫助他們在這中西文化衝擊的洪流中，既能保有我們中華固有文化的優點，又能創新融入西方社會的主流，在他鄉異國出人頭地，的確是我們做為一個現代父母所必須去學習與努力的方向。

如果父母們能夠把選美當成是一個訓練女孩子的最佳實習場所，讓她們在選美的比賽中多觀摩、多學習，有了較多的見識和豐富的經驗，再加上足夠的膽識，必能夠培養出一種與眾不同的風格與氣度來。

時代在進步，現代的女性都必須進入社會去工作，而現今的世界，仍是以男性為主的世界，女性想要在事業上與男性競爭，是必須付出比男性更多的努力。所以女性除了具備足夠的專業知識外，更應該懂得培養、善加利用女性與生俱來優於男性的條件，例如仁慈、溫柔、忍耐及親和力，以及美好的儀表和風度，把這些充分地發揮應用到事業上，必能夠在事業上有一番作為，進而才能為社會大眾服務，為人類謀幸福。

From Taipei to Harvard Law School
從台北到哈佛法學院

　　為讓孩子有一個良好的讀書環境，我們遷到一個較好的學區居住，女兒自小學一年級到六年級畢業後，與班上大部分的同學都一起升到同一個中學，等中學畢業後，大家又再轉進同一校區的高中。孩子成長期間，能在同一校區上學是很重要的，女兒在學校一向是很受歡迎的人物，成績也總是名列前茅（a top student），女兒曾很慎重其事地叮嚀我們，在她高中畢業前，絕不可以搬家。住在同一學區的老同學之間都早已彼此熟識，在學業與生活上都已建立起一個良好互動關係的脈絡，長時間的交往也已發展出深厚的友誼，如果中途轉換學校，對女兒來說，必定是一個重大的損失。

　　許多台灣的大學生，學校畢業後，都要經過申請美國大學冗長、繁瑣的入學手續，加上必須通過測試英文程度的托福考試才能來美留學，以獲取碩士、博士的更高學位，若能及早讓孩子到美國讀書，即可省去孩子在語文與生活上的諸多困擾不便。當年正好有一個移民來美的機會，因此我們就打

定主意,全家移民來美。

　　來美之後,一切重新開始,雖然明知是一條艱辛的道路,只因「初生之犢不畏虎」,年輕懵懂無知,不諳世道的艱難,如今回想起來,內心依然有幾分驚悸與蒼涼之感。幸好我是隨遇而安的樂觀個性,既來之則安之,自己也為及早瞭解與適應美國的生活而努力奮鬥;心中則一直是以孩子的教育為重。

　　由於美國各級學校的學生是根據住宅區域來分配的,有時因搬家學生必須轉學,因此他們需再花時間、精力去重新適應新學校的環境與建立友誼。對正在成長,視同學為一切的孩子們,任何重大的轉變,都可能會帶給他們較大的負面影響。曾有朋友因搬家,女兒轉學後,無法適應新學校的環境,一年後,為了女兒,他們又再搬回原住宅區。

　　女兒高中的平均成績是滿分(GPA 4.0),她以全校第一名的成績高中畢業,不僅獲得最高榮譽的校長獎,同時也獲得華

女兒六歲時,暑期由美返台遊玩,攝於台北國父紀念館。

盛頓州政府頒贈的大學四年的全額獎學金。女兒希望大學畢業後能繼續進入名校深造，在華盛頓大學的四年，她也非常用功讀書，完全不敢掉以輕心，因此才能以最優秀的成績大學畢業，然後順利申請進入哈佛法學院（Harvard Law School）。

在美國能夠進入哈佛大學已是相當優秀的學生，哈佛的錄取率在美國是最低的，約在11%左右。大學畢業後，凡能夠繼續進入哈佛法學院深造的，更是頂尖的學生，他們不僅是書念得好，課外活動表現優異，還要具有領導能力等等的特殊才智。每年有成千上萬優秀的大學畢業生，希望申請進入哈佛的法學院。要進入這一所名校是必須付出相當大的代價，要歷經十多年繼續不斷的堅持與努力，尤其在艱辛的求學過程中，家庭所帶給他們實質與精神上的支持與鼓勵是相當重要的。有了這些優勢之外，確實還要加上一點天時、地利、人和的好運氣，才能夠進入這一所世界知名的最高學府。

哈佛大學建校於西元1636年，坐落於麻塞諸塞州（Massachusetts）的劍橋（Cambridge）。哈佛大學是美國最古老的私立高等學府，也是美國歷史最悠久、也最具代表性的學術殿堂，是所有「常春藤」學校排名第一的學府，培育出許多活躍於政、商界的超級菁英分子。

　　記得女兒剛進哈佛時曾告訴我，他們同學中較少有出自單親家庭（single parent family），不像念中學時，幾乎有一半同學的家庭是父母離婚或是單親父母。由此可見這些受到父母重視的孩子，他們能夠在父母格外的照顧、關愛，以及在父母不斷鼓勵與精神的支持下，十幾年來，孩子長期處在一個安定的環境裡（a stable environment），他們才能完全靜下心來專心一意地把書讀好。

　　有的學生在進入法學院後，他們說話的語氣，以及做人處事態度已儼然是一副達官政要的姿態。女兒有位同學 Jack 在進入法學院之前就已是一位辯才無礙的辯論高手，在十餘歲時就可以背誦出美國歷任總統的名字及他們的個人小傳，並早已立下從政的志願，誓言要進入美國華府國會山莊。還有

女兒大二暑期在華盛頓首府與曾角逐美國總統的參議員 Senator Bob Dole（中）合照。

209

女兒哈佛大學法學院畢業典禮當天，身穿畢業長袍。

一位同學出自律師世家，他的父親、祖父、曾祖父全都是律師，自幼在耳濡目染下，他決定將來繼承衣缽，以律師為業。

哈佛法學院的畢業生遍及世界各地，女兒在大學畢業後，曾先到歐洲遊學一年，也數次與居住於歐洲不同國家的校友諮詢交談。名校確實有它驚人的魅力，哈佛法學院的學生在尚未畢業前，許多有名的律師事務所已派人前來甄選優秀人才，可於暑假期間先到那些公司去實習。哈佛法學院的畢業證書就猶如是一張職場上的萬能護身符。

每年的六月間，哈佛大學所有科系的畢業生在一起舉行畢業典禮，每次的畢業典禮都是在室外舉行。然後法學院還有自己單獨的畢業典禮，這個畢業典禮是由本科系全體畢業生中選舉出四位 **Class Marshal**，由他們四人共同籌備畢業的一

切活動。往年都是由四位男士主導，女兒畢業那年則爭取加入競選行列，終於被選為主席之一，並在法學院的畢業典禮上獲得致歡迎詞的榮幸。由於女兒一直善於良好的人際溝

女兒大學畢業成績優異獲校長獎，作者全家與華盛頓大學校長（左二）合影。

哈佛大學每年六月間所有畢業典禮都是在室外的校園裡舉行。

通，才能與其他三位主席共同攜手合作。他們為畢業活動籌
集六千元的基金，其中一位主席竟因私心而動用兩千多元經
費主辦了一個滑雪活動，當時正值學校課業忙碌之際，參加
人數寥寥無幾。不過既然錢已花了，也追不回來，大家不願
為此責怪主辦人而造成更多的不和，有人就說笑，萬一此人
將來當上了總統，我們豈不是因小而失大嗎？

　　早年自台北移居西雅圖時，女兒才三歲，我們從未奢望女
兒能夠進入哈佛法學院，當年女兒決定要念法律，的確讓我
們都很訝異。她曾在大三的暑期被甄選進入華盛頓首府國會
山莊實習三個月，為美國聯邦參議員珮蒂莫瑞（Patty Murray,

女兒大二暑期在華盛頓首府，為美國聯邦參議員珮蒂莫瑞（Patty Murray, United States Senator）工作，在珮蒂莫瑞的辦公室與她合照。

United States Senator）工作，這是一個很難獲取的至高榮譽與機會。女兒在華盛頓首府實習三個月期間，接觸到不少華府政界重要人物，使她深感要進入美國的主流社會，學法律是有其必要性。女兒是一個有智慧的人，我相信她必定有自己正確的見解與理想。

女兒在念中學時，就十分積極參與學校的各項競選活動，她曾被選為儀隊、啦啦隊、排球隊、網球隊、秘書長與學生代表等的重要職務，學校有任何重大活動她都是主力之一。同時每年都會準備一本年度計畫大綱要目，預先寫下在未來一年，她所希望實現與完成的各種項目，然後按照擬訂的計畫一一去實現。十幾年來的努力，以及她實事求是、鍥而不捨的精神與毅力，終於獲得了一些初步成果。

女兒哈佛法學院畢業後，受聘於美國最大的一家律師事務所，工作了三年，為了她個人的理想而放棄這份高薪工作，轉入美國最知名的一家電影、電視公司當執行長，這是一份非常具有挑戰性的工作，更能讓女性的潛力得以發揮，相信不久的將來她定會有更亮麗的表現。我曾半開玩笑地對女兒說，若有任何適合的演出機會，可別忘了讓老媽也去好萊塢亮亮相。

You can be a winner!
你能夠成為一個勝利者

　　小女在上小學二年級的時候，我們就開始教她背九九乘法表，一個暑假三個月的時間，她還沒有將九九乘法表背起來，只好寬限她到明年念三年級，結果一年之後，她竟然還是沒有背好。雖然我們經常會鼓勵女兒說，妳能夠做到的（You can do it.），女兒卻經常會為背不出九九乘法表而傷心流淚，她認為自己太笨了，主要是因為她有一個非常聰明靈巧的哥哥，他可以在幾星期內就把九九乘法表背得滾瓜爛熟。無論做任何事情，哥哥總是比她做得快，做得好，正因如此，相較之下，女兒一直覺得自己很笨。

　　一日她哭著對我說，為什麼她會這麼笨，而哥哥卻那麼聰明呢？於是我就安慰女兒說：「妳一點也不笨，只不過是對數字的反應比較慢一點而已，妳還有許多其他的長處，例如細心、有耐心、有創作力，這些都是哥哥比不上妳的地方。」女兒半信半疑地問道：「這是真的嗎？」我很認真且加重語氣地對女兒說：「這當然是真的。」然後女兒和我勾了勾小

指頭，又跟我按了一下大拇指，這就表示我所說屬實的一種保證和確認。接著我講了一個有關龜兔賽跑的故事給女兒聽，故事的大意是說，有一隻行動緩慢的小烏龜（little tortoise），和一隻跑得很快的小白兔（little rabbit），他們一起比賽跑步，小白兔當然是跑得很快，牠很得意地坐在一棵大樹下休息，後來這隻小白兔竟然睡著了，等到牠醒來之後，小白兔才知道小烏龜已比牠早一步到達了目的地。女兒對這一個寓言故事聽得津津有味的，聽完這個故事後，我鼓勵她說，「妳就如同故事裡的那一隻小烏龜，最後一定會勝過小白兔的，我相信只要妳一直努力不懈，你就能夠成為一個勝利者（You can be a winner!）。」

沒想到這個龜兔賽跑的寓言故事（parable）竟影響了女兒的一生。從此我再也不曾聽女兒說自己笨了，十多年來，她一直都非常用功讀書，不管做任何事情都比別人加倍努力，她一直堅信只要能像那一隻小烏龜一樣地努力不懈，她就能獲得最後的勝利。

女兒高中的各項成績都是滿分，高中她以第一名的成績畢業，連大學畢業成績也是名列前茅。大學畢業後，女兒獲得一項殊榮，由美國國會與德國簽訂的贊助交換學生計畫（Congress-Bundestag Youth Exchange Program），前往德國及歐洲其他十

餘國遊學一年，藉以增長見識。回美後，女兒再進入哈佛法學院繼續攻讀法律，三年來的不斷努力，女兒終於哈佛法學院畢業了。畢業典禮的那一天，當女兒拿到畢業證書後，興奮地走到我身邊，如勝利者地歡呼，手高舉著她的畢業證書，然後輕聲對我說道：「妳看這一隻小烏龜的表現如何？」我望著女兒一臉的喜氣洋洋，十分滿意且欣慰地不住點頭對她笑說：「妳真的是一隻了不起的小烏龜，我以妳為榮。」

孩子小的時候我經常喜歡說故事給他們聽，藉由故事中的人物或情節，把一些正確的做人處事道理灌輸給他們，等孩子長大之後，他們依然還記得那些故事的內容。父母若能夠選擇一些有意義的優良書籍與孩子一起閱讀、分享，不僅可以增進親子之間的關係，而且自幼培養孩子的讀書習慣是父母給予孩子的最大的恩惠，一本好書將會影響一個孩子的未來（A good book will affect a child's future.）。

一些心理專家也認為，在孩提時代，孩子幼嫩心靈所接觸到的一些事物是非常具有影響力的，在耳濡目染下，父母本身持有的人生觀與價值觀都直接影響到兒女一生的幸福。我們中國俗話說，「龍生龍，鳳生鳳，老鼠生的孩子會打洞。」也確有幾分道理在其中。

在每一個新的時代，父母也必須要跟得上時代（With each

new generation, parents need to stay up to date.）,父母不要太固執己見,認為自己的想法都是對的,每一個不同時代都有屬於他們年輕人自己的人生觀與價值觀,父母要能懂得尊重孩子的想法才能與他們和平相處。

女兒與同遊德國之同學留影。

女兒大學畢業後遊學德國期間前往瑞士滑雪。

217

In everything give thanks.
凡事感恩

　　現代父母往往盡其所能，供給兒女豐富的物質生活，對兒女嬌寵溺愛，過度照顧、保護，自然很容易養成孩子唯我獨尊的習性，凡事都以自我為中心，從不懂得站在別人的立場去為他人著想，也不懂得感恩、惜福。當孩子在生活中遇到困難與挫折時，只會怨天尤人或遷怒他人，他們的內心永遠都是一個長不大的孩子。

　　「人生不如意事十之八九。」人的一生當中，絕不可能永遠都是平坦大道，總會遇到一些困難與阻礙，所以當孩子遇到困擾、委曲不平之事，父母親就要教導孩子，凡事要懂得感恩、知福、惜福，讓他們知道，這世界上還有多少貧困、殘疾不幸的人，我們能夠有一個健全的身體，比起那些不幸的人，我們已經是很幸運了，難道還不應懂得知足、感恩嗎？古人云：「一粥一飯，當思來處不易；半絲半縷，恆念物力維艱。」當我們遇到任何困難時，都不應怨天尤人，反而要珍惜、感謝自己所得到的一切。

　　任何人幫助了我們，即使是點滴小事，我們應該記得對別人說一聲，謝謝你。這是一種習慣，如此可以培養孩子有一顆感恩的心。一個人擁有一顆感恩的心，就會懂得珍惜自己所擁有的一切，心胸也會更為寬廣開闊，自然樂於去幫助別人，以及回饋社會。生命一定更為充實而內心也必定滿懷喜樂。

　　我們不僅要感恩養育我們的父母，感謝所有曾經幫助過我們的朋友，以及我們身旁的陌生人，前人種樹，後人才能乘涼，同時要感謝這世上的萬事萬物，因為他們的存在才有我們今日的方便與福利。

　　世上所有的事，都一定有其存在的必要性，成功固然可喜，失敗則意味著要再繼續努力學習。我們要感謝藐視、傷害我們的人，他磨練了我們的意志；要感謝打擊、絆倒我們的人，他激發了我們的鬥志，增進了我們的智慧。凡事感恩，感謝所有幫助我們成長的人（Give thanks to all the people who help us grow up.）。

　　記得自己的第一篇處女作，曾刊登於《北美世界週刊》，是一篇關於小女當選為1992年華盛頓州的美國妙齡小姐之經過與感言，如今已事隔十多年，後來陸陸續續也在各大小報章上發表了幾十篇文章，如今能夠集文成書，真應感謝當年

一位曾當眾挖苦我，給我難堪的人，正因她的武斷輕視之語，激發了我內心的鬥志。有人說，敵人才是你真正的朋友（Your enemy is your true friend.），只有他們才敢毫不留情地直言批評我們，因為他們總是虎視眈眈地在監視，使我們時時刻刻都不敢輕忽怠惰。

世上真正懂得感恩的人不多。很多人成功之後，往往會認為這一切的成就完全是靠自己的努力，很容易志得意滿，早已忘記別人當年給予的協助與恩惠，甚至還過河拆橋、詆毀施恩之人，如此忘恩負義之人與禽獸何異？人要能「飲水思源」，古人說：「施恩慎勿念，受施慎勿忘！」要感激那些每天被我們認為理所當然最簡單的事情（Appreciate the simple day-to-day things that we may take for granted.）。能懂得感恩、惜福的人，是一種福氣，快樂將隨時都圍繞在我們身旁，這樣的人生必定是豐盛美好的。

兒子大學畢業後一直在銀行工作多年，已任高職位的工作，經常有機會與一些富商接洽業務，也曾受邀參加他們的華屋豪宅或豪華遊艇的晚宴活動。某日，兒子到價值千萬美元的豪宅去與主人洽談業務，兒子說，豪宅內確實是十分寬敞，夠氣派，室內陳設也非常豪華高雅，牆上掛有不少收藏名畫，但給人的感覺就像是一座博物館而不是一個溫馨的

家。我也曾問兒子對這些富商的感覺如何？會不會羨慕他們？沒想到兒子回答道，他擁有一份好工作，每天無論吃什麼都覺得香甜可口，晚上睡覺，頭才剛碰到床，人就已經睡著了，日子過得很快樂。兒子帶著幾分得意且誇張的口氣說：「也許那些富商們還要羨慕我呢！媽媽妳曾說一個人要能『知足常樂』啊！所以我很快樂，因為我是一個很容易就能滿足的人。」的確兒子從小就愛耍寶，他一向大剌剌的個性，以及充滿活力的樂觀派作風，為身邊的親朋好友帶來許多的笑聲與快樂。

　　世上有很多人根本沒有一顆感恩的心，一顆貪得無厭的心，即使擁有再多，內心仍然覺得不足。凡事感恩的人，自然憂慮少，這種人的內心也易於滿足現況，可以讓自己變得快樂和開心。許多人成功的秘訣就是擁有一顆感恩的心，他們懂得公開地去讚美、感謝別人，並願意與人分享他們的成果。

POINT 13

老中老美喜相逢

作　　者	趙海霞
總 編 輯	初安民
責任編輯	陳思妤
美術編輯	張盛權
中文校對	陳思妤　趙海霞
英文校對	祝　欣

發 行 人	張書銘
出　　版	**INK**印刻出版有限公司
	台北縣中和市中正路800號13樓之3
	電話：02-22281626
	傳真：02-22281598
	e-mail:ink.book@msa.hinet.net
法律顧問	林春金律師

總 代 理	成陽出版股份有限公司
	業務部／訂書電話：02-22256562　訂書傳真：02-22258783
	訂書地址：台北縣中和市中正路800號11樓之2
	e-mail：rspubl@sudu.cc
	網址：舒讀網http://www.sudu.cc
	物流部／電話：03-3589000　傳真：03-3581688
	退書地址：桃園市春日路1490號
郵政劃撥	19000691 成陽出版股份有限公司
門市地址	106台北市新生南路三段96-4號1樓
門市電話	02-23631407
印　　刷	海王印刷事業股份有限公司

出版日期	2006年6月 初版

ISBN 986-7108-51-5

定價　240元

Copyright © 2006 by Chao Hai -hsia
Published by **INK** Publishing Co., Ltd.
All Rights Reserved
Printed in Taiwan

國家圖書館出版品預行編目資料

老中老美喜相逢／
趙海霞 著.-- 初版，-- 臺北縣中和市：
INK印刻，2006〔民95〕面；　公分
（Point；13）

ISBN　986-7108-51-5（平裝）

855　　　　　　　　　　　　95008838